レッツゴー！
まいぜんシスターズ

全身がゴールドになってしまった！

石崎洋司／文
佐久間さのすけ／絵

POPLAR
KIMINOVEL

ぼくたち、

まいぜんシスターズ

ウサギのぜんいち

プログラミングやゲームが得意《とくい》！
優《やさ》しい性格《せいかく》で、いろんなことを教《おし》えてくれるよ。

カメのマイッキー

食《く》いしん坊《ぼう》で自由奔放《じゆうほんぽう》な性格《せいかく》。
ケーキが大好《だいす》き！
ぜんいちといつも遊《あそ》んでいるよ。

ふたりは仲良《なかよ》し！　いっしょに暮《く》らしてるよ！

この本《ほん》はこんなお話《はなし》が3つも読《よ》めるよ！

全身《ぜんしん》がゴールドになってしまった！ 4ページ

正直者《しょうじきもの》がトクをする泉《いずみ》にマイッキーが落《お》ちちゃった!?　でも泉《いずみ》の中《なか》から超《ちょう》かっこいいマイッキーがあらわれて……!?

いったい何者《なにもの》？　本物《ほんもの》のマイッキーはどこへ？

超《ちょう》こわい人形《にんぎょう》をたおそうとした結果《けっか》!? 61ページ

突然《とつぜん》ふたりの前《まえ》に「この人形《にんぎょう》が来《き》た家《いえ》の人《ひと》は七日後《なのかご》に死《し》んでしまう」という呪《のろ》いの人形《にんぎょう》がやってきた！　たおそうとするけど、どうしてもうまくいかなくて…!?

ゴーレムで村《むら》を守《まも》る難易度《なんいど》がガチで高《たか》すぎた!? 108ページ

いろんな素材《そざい》でゴーレムを作《つく》ろう！
スイカゴーレム、ダイヤモンドゴーレム、作業台《さぎょうだい》ゴーレム……!?　果《は》たして、作《つく》ったゴーレムでゾンビを撃退《げきたい》できるかな!?

← さぁ、きみもいっしょに冒険《ぼうけん》にでかけよう！

全身《ぜんしん》がゴールドになってしまった!

全《ぜん》身《しん》がゴールドになってしまった！

もくじ

1 正直者《しょうじきもの》がトクする泉《いずみ》!? ▸▸ 6

2 この泉《いずみ》、もうかっちゃいます！ ▸▸ 16

3 ブーに気《き》をつけろ！ ▸▸ 24

4 泉《いずみ》の底《そこ》のナゾ世界《せかい》！ ▸▸ 31

5 ポイッキー参上《さんじょう》！ ▸▸ 40

6 マイッキーもがんばった結果《けっか》 ▸▸ 48

7 ついにきた運命《うんめい》の三日目《みっかめ》 ▸▸ 53

1 正直者《しょうじきもの》がトクする泉《いずみ》

はい、みなさん、こんにちは！　ぜんいちです。

今日《きょう》はですね、マイッキーといっしょに森《もり》へやってきました。

きれいな湖《みずうみ》もあるし、空気《くうき》もおいしいし、すてきなところだなぁ。

「ほんと、ほんと。いいピクニック日和《びより》ってやつですねぇ」

がくっ。

「マイッキー、ここへきたのは、ピクニックじゃなくて、木《き》を切《き》るためでしょ？　ほら、新《あたら》しい家《いえ》を作《つく》るから、木材《もくざい》を集《あつ》めようって」

「ああ、そうでした、そうでした〜」

マイッキーって、ほんとにのんきなんだから。

ま、そこが、いっしょにいて、楽《たの》しいところなんだけどね。

「でも、ぜんいちくん、ぼくの鉄《てつ》のオノちゃん、なかなか切《き》れないんですけどねぇ。うんうん」

アハハハハ、このいいかた、やる気《き》ゼロって感《かん》じだね。

「まあまあ、マイッキー、そういわずに、とにかくやってみようよ」

「わっかりましたぁ。しょうがない、まずはこの木《き》から……。ええっ！」

「ど、どうしたの、マイッキー？」

「森《もり》の奥《おく》になにかある！　見《み》に行《い》こうよ、ぜんいちくん！」

そういったかと思《おも》うと、マイッキーはすごいいきおいで走《はし》り出《だ》した。

あわてて、あとを追《お》ってみると。

おっ、ほんとだ。森《もり》の奥《おく》に、大《おお》きな建物《たてもの》がある。

白《しろ》い石《いし》の柱《はしら》が何本《なんぼん》もそそりたっていて、その上《うえ》には、やっぱり白《しろ》い石《いし》でできた、三角《さんかく》の屋根《やね》がのっている。

「おおむかしのギリシャの神殿《しんでん》みたいだね、マイッキー」

正直者《しょうじきもの》以外《いがい》
立入禁止《たちいりきんし》

って、マイッキーは知《し》らないかな。

〝神殿《しんでん》って、なぁに？〟って、質問《しつもん》されそう。

ところが、マイッキーから返《かえ》ってきたのは……。

「ぜんいちくん、入《い》り口《ぐち》に看板《かんばん》があるよ？」

看板《かんばん》？　あ、ほんとだ。なんて書《か》いてあるんだ？

〈正直者《しょうじきもの》以外《いがい》　立入禁止《たちいりきんし》〉

「ぜんいちくん、これはどういう意味なのかなあ？」

うーん、たしかにふしぎな看板《かんばん》だな……。

「あ、ちょっと待《ま》って。マイッキー、もしかしたら、この神殿《しんでん》のなかには、

〈正直者《しょうじきもの》の泉《いずみ》〉があるのかもしれないよ」

「〈正直者《しょうじきもの》の泉《いずみ》〉？　なにそれ？」

「『イソップ物語《ものがたり》』っていう本《ほん》で読《よ》んだことがあるんだ。そのなかの『金《きん》のオノ　銀《ぎん》のオノ』ってお話《はなし》なんだけどね……」

金《きん》のオノ・銀《ぎん》のオノ

むかし、むかし、ある男《おとこ》が、森《もり》の泉《いずみ》のほとりで木《き》を切《き》っていました。

ところが、男《おとこ》は、ふと手《て》をすべらせて、持《も》っていたオノを泉《いずみ》に落《お》としてしまいました。

これでは木《き》を切《き》ることができません。こまった男《おとこ》は、しくしくと泣《な》き出《だ》しました。

すると、どうでしょう。

泉《いずみ》の中《なか》からヘルメスという神様《かみさま》が現《あらわ》れました。

神様《かみさま》は男《おとこ》にむかって、いいました。

「おまえが落《お》としたのは、このオノかな？」

オノを見《み》て、男《おとこ》はびっくりしました。それはピカピカに光《ひか》り輝《かがや》く金《きん》のオノだったからです。

「いいえ、ちがいます。わたしが落《お》としたのは、そんなにピカピカしたオノではありません」

すると、神様《かみさま》は銀《ぎん》のオノを出《だ》しました。

「おまえが落《お》としたのは、このオノかな？」

「いいえ、ちがいます。わたしが落《お》としたのは、そんなにりっぱなオノではありません」

「それなら、このオノかな？」

神様《かみさま》が出《だ》したのは、あちこちさびた、きたない鉄《てつ》のオノでした。でも、男《おとこ》はよろこんでうなずきました。

「そうです！　ああ神様《かみさま》、ひろってくださって、ありがとうございます！」

すると、神様《かみさま》はすっかり感心《かんしん》したように、ほほえみました。

「おまえはとても正直《しょうじき》な男《おとこ》だ。ほうびに、金《きん》のオノも銀《ぎん》のオノも、おまえにやろう」

さて、この話《はなし》を聞《き》きつけたよくばりな男《おとこ》がいました。

そして、自分《じぶん》も金《きん》のオノと銀《ぎん》のオノをもらおうと、泉《いずみ》にでかけました。

男《おとこ》がきたないオノを、わざと泉《いずみ》に投《な》げこんで、しくしくとうそ泣《な》きをしていると、泉《いずみ》の中《なか》から神様《かみさま》が現《あらわ》れました。

「おまえが落《お》としたのは、このオノかな？」

神様《かみさま》が、ピカピカ光《ひか》る金《きん》のオノをさしだしたのを見《み》て、男《おとこ》は大よろこび。

「そうです！　おれが落《お》としたのは、金《きん》のオノです！」

そのとたん、神様《かみさま》の目《め》がつりあがりました。

「このうそつきめ！」

神様《かみさま》は、男《おとこ》をどなりつけると、泉《いずみ》の中《なか》へ消《き》えていきました。

こうして、よくばりな男《おとこ》は、金《きん》のオノどころか、自分《じぶん》のオノまで、なくしてしまったということです。

「どう？　マイッキーもこのお話《はなし》、聞《き》いたことあるんじゃない？」

お話《はなし》によっては、泉《いずみ》から出《で》てくるのは女神《めがみ》らしいけどね。ヘルメスっていう男《おとこ》の神様《かみさま》がでてくるのが、ほんとうなんだって。

知《し》ってると、友《とも》だちに自慢《じまん》できるかも。

「え？　も、もちろん、知《し》ってるっすけど？　女神《めがみ》バージョンも、ヘルメットバージョンも、両方《りょうほう》とも知《し》ってるっすけど？」

ヘルメットじゃなくて、ヘルメスね。

って、このいい方《かた》は、知《し》らないパターンだね。

「ぜんいちくん、ぼくがいいたいのは、そんな泉《いずみ》がほんとにあったらいいな～ってことなの。わかる？」

はいはい、そういうことにしておきましょう～。

「でも、たしかにほんとにあったらいいよね。だったら、マイッキー、中《なか》に何《なに》があるか、見《み》にいこうよ」

「うん、行《い》こう行《い》こう～」

そんなわけで、石《いし》の階段《かいだん》をあがって、巨大《きょだい》な神殿《しんでん》に入《はい》ると。

「ぜんいちくん、見《み》て！　石《いし》でかこまれた大《おお》きなプールがあるよ！」

おおお～、ほんとだ！　水《みず》がきらきらして、きれいだね！

でも、これはプールじゃない。

「マイッキー、やっぱり、これ、正直者《しょうじきもの》の泉《いずみ》かも！」

2 この泉《いずみ》、もうかっちゃいます！

「正直者《しょうじきもの》の泉《いずみ》？　それじゃあ、なぁに？　ここに、ぼくの鉄《てつ》のオノを投《な》げこんだら、ヘルメットとかいう神様《かみさま》が、出《で》てくるの？」

だから、ヘルメットじゃなくて、ヘルメス……。って、そんなことより。

「出《で》てくるかどうか、マイッキー、オノを投《な》げこんでみてよ」

「うん、わかった。それじゃあ、スリー、ツー、ワン、バーイ！」

ジャボーン！

マイッキーが投《な》げこんだオノは、ズブズブと沈《しず》んでいく。

「……見《み》えなくなっちゃったね」

「うん、それに何《なに》も起《お》きないね」

と思《おも》ってたら。

ブクブクブク……。

ジャバーン！

うわっ、泉《いずみ》の中《なか》から、女《おんな》の人《ひと》が現《あらわ》れたよ。金《きん》の冠《かんむり》をかぶったきれいな人《ひと》。

「ぜ、ぜんいちくん、この人《ひと》、だれ⁉」

「お話《はなし》のとおりなら、泉《いずみ》の女神《めがみ》じゃないかな……」

「あなたが落《お》としたのは、この金《きん》のオノですか？」

「ん⁉　う、うーんとぉ……。それがその、ぼくが落《お》としたのはぁ……」

マイッキーが、くるっとこっちをふりかえって。

「金《きん》のオノだっけ？　ぜんいちきゅーん」

ちがう、ちがう！

「マイッキー、だめだめ。お話《はなし》のとおりに、正直《しょうじき》にいって、正直《しょうじき》に！」

「え？　ああ、そうか！」

ハッとしたマイッキー、あわてて女神《めがみ》をふりかえって。

「ええっと、ぼくが落《お》としたのは、鉄《てつ》のオノっすけど？　いや、最初《さいしょ》からほんとのことをいうつもりだったっすけど？　ぼくが落《お》としたのは鉄《てつ》のオノっすけど？」

そうしたら、泉《いずみ》の女神《めがみ》は、にっこり。

「カメさん、あなたは正直者《しょうじきもの》だから、この金《きん》のオノをあげましょう」

そういって、ぴかぴかの金《きん》のオノをマイッキーにむかってさしだすと、またブクブクと、泉《いずみ》の中《なか》へ消《き》えていった。

「すごい！　マイッキー、正直《しょうじき》にいったら、金《きん》のオノをもらえたじゃん！」

「ほ、ほんとだね！　これ、純金《じゅんきん》のオノだよ、ぜんいちくん！」

「ただ……。投《な》げこんだ鉄《てつ》のオノは返《かえ》してくれないんだね」

「だね。あの鉄《てつ》のオノ、いちおう気《き》に入《い》ってたんだけどね。でも、もうかったから、いいんじゃないかな、ぜんいちくん」

「そうだね。でも、ほんとうにだいじなものは、泉《いずみ》に投《な》げこまないようにしたほうがいいかもね」

「うん」

「そうだ、マイッキー。ほかにも、いろいろなものを、この正直者《しょうじきもの》の泉《いずみ》に落《お》としてみようよ」

なにかいいものに交換《こうかん》してくれるかもしれないじゃない？

「えっ？　それはおもしろそう！　何《なに》が出《で》てくるか、気《き》になるし！　でも、ぜんいちくん、何《なに》を落《お》とす？」

「それをさがしに家《いえ》に帰《かえ》らない？　何《なに》があるか、見《み》てみようよ！」

「うん、そうしよう、そうしよう！」

ぼくたちは、わくわくしながら、神殿《しんでん》をとびだした。

あれ？　いま、神殿《しんでん》の出口《でぐち》にだれかいなかった？

そう、あの木《き》のかげ。あそこから、だれかがぼくたちをじっと見《み》ていたような……。

でも、だれもいないね。

「ぜんいちくん、何《なに》やってるの？　早《はや》く帰《かえ》ろうよ！」

「う、うん、わかった」

気《き》のせいかな。こんな深《ふか》い森《もり》の中《なか》に、ほかにだれかいるわけないよね。

とにかく、家《いえ》に急《いそ》ごう！

★★★

ところが、それはぜんいちの気《き》のせいではなかったのでした。

「おいおい、どうなってるんだ？」

木《き》のかげから姿《すがた》をあらわしたのは、男《おとこ》の子《こ》。

名前《なまえ》はブー。ぜんまい財閥《ざいばつ》という、大金持《おおがねも》ちの社長《しゃちょう》の息子《むすこ》。

そして、むかし、マイッキーをつかまえて、ペットのワニのえさにしようとした、乱暴者《らんぼうもの》です。

「あいつら、鉄《てつ》のオノを落《お》としたのに、金《きん》のオノをもらってたぞ。おれもほしい。ようし、おれもこの泉《いずみ》でひともうけして、大金持《おおがねも》ちになってやる！」

ブーは正直者《しょうじきもの》の泉《いずみ》へダッシュ。

「よし、まずは鉄《てつ》のオノを泉《いずみ》に投《な》げいれてっと！」

ボチャン！

ブクブクブク。

「おっ、女神《めがみ》が出《で》てきた、出《で》てきた！　ちゃんと金《きん》のオノを持《も》ってるし！」

ブーは、女神《めがみ》が質問《しつもん》もしないうちから、いいました。

「それそれ！　おれさまが落《お》としたのはその金《きん》のオノだ！　早《はや》くよこせ！」

そのとたん！

「**このウソつきめ！**」

女神《めがみ》の顔《かお》が、悪魔《あくま》みたいにこわい顔《かお》に変《か》わったかと思《おも》うと、ブーの足《あし》もとから、ボウッと大《おお》きな炎《ほのお》があがりました。

「うわぁ、熱《あつ》い、熱《あつ》い！　助《たす》けて～！」

「わかったか、ウソをつくとこうなるんだ！」

「熱《あつ》い、熱《あつ》いよ～！　ママ～！」

おしりに火《ひ》がついたブーは、なさけない声《こえ》をあげながら、神殿《しんでん》から逃《に》げ帰《かえ》っていきました。

3

ブーに気《き》をつけろ！

はいっ、というわけで、ぼくたち、正直者《しょうじきもの》の泉《いずみ》にもどってきました！

家《いえ》の中《なか》をたっぷり一時間《いちじかん》ぐらいさがして、いろいろな物《もの》をもってきたので、これから、泉《いずみ》に落《お》としてみたいと思《おも》いま〜す。

「うん！　落《お》とそう、落《お》とそう！」

「で、マイッキーは、まず、何《なに》から落《お》とすの？」

「♪タッタラ〜！　パンだよ！　パンから落《お》としてみまーす！」

へえ、食《た》べものかぁ。それは考《かんが》えなかったな。

いったいどうなるのか、ぼくも楽《たの》しみです。

「それじゃあ、投《な》げまーす！　えいっ！」

ポチャン！

マイッキーが投《な》げたパンが泉《いずみ》の底《そこ》へと沈《しず》んで、見《み》えなくなった。

ブクブクブク。

おっ、女神《めがみ》が現《あらわ》れた。

手《て》に持《も》っているのは、パンより大《おお》きいぞ。白《しろ》いし、いったいなんだろ？

「あなたが落《お》としたのは、このデコレーションケーキですか？」

「い、いいえ、ちがいます。ぼくが落《お》としたのは、ふつうのパンです」

「カメさん、あなたは正直者《しょうじきもの》だから、このデコレーションケーキをあげましょう」

「うわぁ、やった！　ぜんいちくん、見《み》て！　パンが、イチゴと生《なま》クリームがいーっぱいのデコレーションケーキになったよ！」

マイッキーったら、そういったかと思《おも》うと。

バクバクバクバクッ！

「うまっ！　うみゃ、うみゃ、うみゃ！　これ、すんごく、うまい〜！」

ああ、ぜんぶ食《た》べちゃったよ。少《すこ》しわけてくれたらいいのに……。とは思《おも》いませんでした。それより、パンからデコレーションケーキに変《か》わったのが、あんまりすごすぎてね、すっかり感心《かんしん》しちゃいました。

「すごいね、マイッキー！　で、ほかには何《なに》をもってきた？」

「♪タッタラ〜！　これ！　アッポーだよ〜」

アッポー？　あ、リンゴか。急《きゅう》に英語《えいご》でいうから、びっくりしたよ。

「それじゃあ、泉《いずみ》に落《お》としてみるよ。スリー、ツー、ワン！　リンゴ〜！」

ブクブクブク。

早《はや》っ！　あっというまに女神《めがみ》が現《あらわ》れた！

「あなたが落《お》としたのは、この金《きん》のリンゴですか？」

「いいえ、ぼくが落《お》としたのは、ふつうの赤《あか》いリンゴです」

「カメさん、あなたは正直者《しょうじきもの》だから、この金《きん》のリンゴをあげましょう」

「**ぜんいちきゅーん！　ふつうのリンゴが金《きん》のリンゴになったよ！**」

バクバクバクッ！

「うみゃ、うみゃ、うまい！　うますぎる〜！　正直者《しょうじきもの》の泉《いずみ》、最高《さいこう》〜!!」

うわぁ。マイッキー、いいなぁ〜。

「いやあ、それほどでも〜。で、ぜんいちくんは何《なに》を落《お》とすの？」

「うん、ぼくはね、これ！」

じゃじゃーん！

「古《ふる》くなったパソコンだよ」

これを、最新《さいしん》のパソコンに交換《こうかん》してもらおうかなって思《おも》ってるわけ。

「おお〜、いいじゃん！」

「いいでしょ？　それじゃあ、見《み》てて

よ」

スリー、ツー、ワン！　ぽいっと。

ポチャン！

ブクブクブク。

「あなたが落《お》としたのは、この最新型《さいしんがた》のノートパソコンですか？」

「いいえ。ぼくが落《お》としたのは古《ふる》いパソコンです」

「ウサギさん、あなたは正直者《しょうじきもの》だから、この最新型《さいしんがた》のノートパソコンをあげましょう」

「やった！　マイッキー、見《み》て！　最新《さいしん》のパソコンだよ！」

「うわぁー、すごいね、ぜんいちくん！」

★★★

ところが、そんなぜんいちとマイッキーのようすを、またまた、ブーがのぞいていたのでした。

「くっそぉ！　あいつらばっかり、いい思《おも》いをしやがって！　あ、そうだ、腹《はら》いせに、あのカメを泉《いずみ》に落《お》としてやる！」

そうとはしらず、ぜんいちは、女神《めがみ》にもらったパソコンに夢中《むちゅう》になっています。

「うーん、さすがは最新《さいしん》のパソコンだな！　いやあ、うれしいなぁ」

一方《いっぽう》、マイッキーは泉《いずみ》のほとりで、金《きん》のリンゴを見《み》つめています。

「ねぇねぇ、ぜんいちくん。もし、この金《きん》のリンゴを泉《いずみ》に落《お》としたら、こんどはなにがでてくるんだろ？　やってみようかな」

マイッキーがそういったときです。

柱《はしら》のかげからブーがとびだすと。

どすん！

マイッキーをうしろからつきとばしました。

ボッチャーン！

「**うわぁ！**」

泉《いずみ》に落《お》ちたマイッキーが、悲鳴《ひめい》をあげるのもかまわず。

「逃《に》げろ〜！」

ブーはいちもくさんにどこかへ走《はし》りさりました。

これには、ぜんいちもびっくり。

「え？　マイッキー？　ど、どうしたの？」

4

泉《いずみ》の底《そこ》のナゾ世界《せかい》！

〈一方《いっぽう》、そのころ、マイッキーは……〉

「あれ？　ここはどこ？」

変《へん》だなぁ。ぼく、だれかに泉《いずみ》へ落《お》とされたんだよね。

だけど、まわりに水《みず》がぜんぜんないよ。

あるのは、めちゃくちゃゴージャスなお部屋《へや》。

ここ、お城《しろ》？　泉《いずみ》の底《そこ》なのに？　いったいどういうこと？

あたりをきょろきょろしていたら……。

あ、あそこに、だれかいる。

でも、なんだか、ぼくに似《に》てるよ。むこうをむいてるから、顔《かお》はわからないけど、体《からだ》は緑色《みどりいろ》だし、背中《せなか》に甲羅《こうら》もあるし。

ようし、声《こえ》をかけてみよっと。

「ねえ、きみ……」

でも、ふりかえりもしなければ、ぴくりとも動《うご》かない。

「ねえ、ねえ、ねえってばぁ！」

そうしたら、やっと、こっちをふりかえってくれたんだけど。

「えええっ！」

ぼくはびっくり！　だって、そこにいたのは、ぼくのそっくりさん。

キラキラ輝《かがや》く目《め》、すーっとした鼻《はな》すじ、ぷるぷるのくちびる。

しかも、体《からだ》ぜんたいがキンキラリ～ンと金色《きんいろ》に輝《かがや》いてる！

「なにからなにまで、ぼくとそっくりだよ、きみ。ほんと、イケてる！

めっちゃかっこいい！　うん、うん！」

するとぼくのそっくりさん、はあっとためいきをついて。

「**やっと来《き》てくれたか。ぼくはポイッキー。きみのことを、ずーっと待《ま》っ**

てたんだよ」

「えっ？　どういうこと？」

「ここにある物《もの》は、自分《じぶん》より下《した》の物《もの》が投《な》げこまれないと、ここから脱出《だっしゅつ》することが出来《でき》ないんだ」

「下《した》の物《もの》？　どういうこと？」

「まわりを見《み》てごらんよ」

まわり？　ああ、いろんな物《もの》が、ちらばってるねぇ……。

「あれ？　これ、ぼくが投《な》げこんだ鉄《てつ》のオノじゃん。パンやふつうのリンゴ。それに、ぜんいちくんが投《な》げこんだ古《ふる》いパソコンもある」

「そう。こういうダメな物《もの》が投《な》げこまれたおかげで、いい物《もの》が泉《いずみ》の外《そと》に出《で》たってことさ」

ふんふん……。

「そして、ぼくも、きみがここに来《き》てくれたおかげで、ここから脱出《だっしゅつ》できるんだよ」

え？　ちょっと待《ま》ってほしいんですけど。

「あのう、それってつまり、ぼくは、きみよりもイケてないってこと？」

「そんなこと、いわれなくてもわかってるだろ」

へ？

「まだ、わからないのか？　つまりだ、イケてるぼくは、きみより上《うえ》の存《そん》在《ざい》。きみが鉄《てつ》のオノだとしたら、ぼくは金《きん》のオノ」

ぼくは鉄《てつ》のオノで、ポイッキーは金《きん》のオノ……。

「だから、きみのかわりに、ぼくはここから脱出《だっしゅつ》できるの。ということで、ぼくはもう行《い》くよ。元気《げんき》でね、マイッキー」

ポイッキーったら、そういうと、階段《かいだん》をかけあがり、神殿《しんでん》みたいな大《おお》きな建物《たてもの》のとびらにむかって、走《はし》っていく。

「ちょ、ちょっと待《ま》ってよ、ポイッキー。ぼく、どうやったら、泉《いずみ》の外《そと》に出《で》られるの？」

するとき、開《ひら》いたとびらのところで、ぼくのほうを、ふりかえって。

「自分《じぶん》より下《した》の存在《そんざい》が投《な》げこまれるのを、待《ま》つんだね。ただし！」

ただし？

「三日以内《みっかいない》に自分《じぶん》より下《した》の物《もの》が投《な》げこまれないと、トマトたちに処分《しょぶん》されちゃうから、注意《ちゅうい》してね。じゃあね～！」

「トマト？　処分《しょぶん》？　ど、どういうことか、わかんないよ……」

あーあ、答《こた》えずに、とびらのむこうへ消《き》えちゃったよ。

ほんとに、なにがどうなってるのか、ぜんぜんわかんないよ。

でも、とにかく、あのとびらから、もとの世界《せかい》に帰《かえ》れるみたいだね。

だったら、ぼくも……。

ところが、ぼくが、ポイッキーみたいにとびらを開《あ》けようとしたら。

「ここを通《とお》すわけにはいかない！」

わぁ！　どこからともなく、おじさんが二人《ふたり》、飛《と》びだしてきた！

しかも、おじさんたちの顔《かお》、トマトみたいにまっ赤《か》。

そして、ダイヤモンドのオノをふりかざして、おそいかかってくる！

「わわわっ、乱暴《らんぼう》はやめてよー！」

「うるさい！　おまえは、自分《じぶん》より下《した》の存在《そんざい》があらわれていないのに、ここから逃《に》げだそうとしたな！」

「そういうやつは、おれたち門番《もんばん》が処分《しょぶん》することになっている！」

「うきゃあ、それは誤解《ごかい》ですぅ！」

でも、トマト頭《あたま》の門番《もんばん》たち、ぼくを追《お》いまわしてくる。

「ま、まずいですぅ！　とにかく、逃《に》げよう〜！」

あ！　あそこに川《かわ》がある！

あそこへ飛《と》びこめば、このお城《しろ》みたいなところから、逃《に》げだせるかも。

ぼくはカメだもの。泳《およ》ぎには自信《じしん》があるし。カメより、泳《およ》ぐのが速《はや》いトマトなんて、いないでしょ、うんうん！

ジャッボーン！

……ふう、よかった。思《おも》ったとおり、お城《しろ》の外《そと》に出《で》られたよ。

それにしても、ポイッキーがいってたこと、本当《ほんとう》なのかなぁ。

だとしたら、ぼく、ここで待《ま》つしかないってこと？

あ、でも、三日以内《みっかいない》にぜんいちくんが、ぼくより下《した》のものを泉《いずみ》に投《な》げこめばいいだけか。
ぜんいちくんなら、きっと、なんとかしてくれるでしょ。
ぼくよりダメダメなものなんて、いくらでもあるだろうし！

5 ポイッキー参上《さんじょう》！

〈一方《いっぽう》、泉《いずみ》の外《そと》では……〉

マイッキー、だいじょうぶかな……。泉《いずみ》に落《お》ちたきり、出《で》てこない。カメだから、おぼれることはないと思《おも》うんだけど。でも……。

ブクブクブクブク。

あっ、女神《めがみ》が出《で》てきた。あれ？　それにしては、ずいぶん背《せ》が低《ひく》いぞ。むこうをむいてるから、顔《かお》はわからないけど、背中《せなか》に甲羅《こうら》もあるし、これはまちがいなく……。

「あ、マイッキー？　よかった！　心配《しんぱい》したんだよ！」

「おいおい、ぼくをあんなやつとまちがえないでくれよ」

くるっと、こっちをふりかえった顔《かお》を見《み》て、びっくり！

キラキラ輝《かがや》く目《め》、すーっとした鼻《はな》すじ、ぷるぷるのくちびる。

っていうか、体《からだ》ぜんたいがキンキラキ〜ン！　金色《きんいろ》に輝《かがや》いてる！

「えええっ!?　きみ、いったいだれ？」

「**ぼくはポイッッキーだよ**」

ポイッキー？　マイッキーとは、名前《なまえ》がひと文字《もじ》ちがい。

「うーん。すがたはそっくりだけど、顔《かお》だけがちょっとちがう気《き》が……」

「ちょっとだって？　ぼくのほうがずっとイケてるだろ？」

「そうかな？」

「そうさ！　だから、ぼくは泉《いずみ》の外《そと》に出《で》てこられたんじゃないか。きみがイケてないカメを泉《いずみ》に投《な》げこんでくれたから」

うわぁ、そういうことだったのか！

いや、マイッキーを泉《いずみ》に落《お》としたのは、ぼくじゃなくてブー……。

って、そんなことより！

「それで、マイッキーはどうしているの？」

「元気《げんき》だよ、いまはね。三日《みっか》たったら、処分《しょぶん》されちゃうだろうけど」

「しょ、処分《しょぶん》!?」

「泉《いずみ》の底《そこ》の世界《せかい》では、三日以内《みっかいない》に、そこにある物《もの》より下《した》の物《もの》が投《な》げこまれないと、処分《しょぶん》されることになってるんだ」

つまり、マイッキーを助《たす》けるには、マイッキーより下《した》の物《もの》を泉《いずみ》に投《な》げこまなければいけないってこと……。

「ま、あいつよりイケてないカメなんて、なかなか見《み》つからないだろうけど。せいぜいがんばるんだな。じゃあね～！」

な、なんなんだよ、あのカメ……。

って、たいへんなことになりました！

三日以内《みっかいない》に、マイッキーより下《した》の物《もの》をさがさなくてはなりません！

いまごろマイッキーは、泉《いずみ》の底《そこ》の世界《せかい》で心配《しんぱい》しているだろうし。

なんとかしてあげなきゃ！

でも、マイッキーより下《した》の物《もの》なんて、ぜんぜん思《おも》いつかない……。

しかも、あせればあせるほど、いい考《かんが》えも浮《う》かんでこないし……。

なやんでいるうちに、あっというまに一日《いちにち》がすぎて。

タイムリミットまで、あと二日《ふつか》……。

「あ、そうだ！　あれは、どうかな？」

ぼくが思《おも》いついたのは、カメの甲羅《こうら》。

前《まえ》に、砂浜《すなはま》に落《お》ちていたのをひろったんだけどね。

甲羅《こうら》はカメの体《からだ》の一部《いちぶ》でしょ。だから、これを泉《いずみ》に投《な》げこめば、もしかしたらマイッキーがもどってくるかも。

うまくいくかどうかは、わからないけど、やってみる価値《かち》はあるよね。

ぼくは、家《いえ》からカメの甲羅《こうら》をとってくると、神殿《しんでん》にかけつけた。

それから、正直者《しょうじきもの》の泉《いずみ》のほとりに立《た》って。

「スリー、ツー、ワン！　ぽいっ」

ポチャン！

ブクブクブク。

おっ、さっそく、女神《めがみ》が出《で》てきたぞ。

手《て》に何《なに》かかかえてるし。もしかして、マイッキー？

「あなたが落《お》としたのは、これですね。どうぞ」

は？

女神《めがみ》が泉《いずみ》の外《そと》においたのは、カメの甲羅《こうら》。形《かたち》も大《おお》きさも、ぼくが投《な》げこんだのとぴったり同《おな》じ。でも、色《いろ》がちがう。

金《きん》ぴかに光《ひか》り輝《かがや》いてる。そう、純金《じゅんきん》の甲羅《こうら》。

「あ、いや、そういうことじゃないんですけど……」

でも、そのときにはもう、女神《めがみ》は泉《いずみ》の中《なか》に姿《すがた》を消《け》していた。

「うーん、まさか、こんなことになるとは……。いったいどうしたら、マイッキーをとりもどせるのかなぁ」

よく、考《かんが》えてみよう。まず、最初《さいしょ》はどうなったんだっけ？

鉄《てつ》のオノは金《きん》のオノになったんだよね。

ふつうのリンゴは金《きん》のリンゴ、古《ふる》いパソコンは最新《さいしん》のパソコンに……。

あ、そうか。泉《いずみ》の女神《めがみ》は、いいものをくれるけど、それは投《な》げこんだものと同《おな》じものなんだ。ってことは……。

はいはい、わかりました！

ぼくは大急《おおいそ》ぎで家《いえ》に帰《かえ》った。そして、泉《いずみ》にもってきたものは……。

じゃーん！　マイッキーの人形《にんぎょう》です！

このあいだの日曜日《にちようび》、一日中《いちにちじゅう》、雨《あめ》がふってて、どこにも出《で》かけられなかったんでね、家《いえ》で作《つく》ったんです、マイッキーの人形《にんぎょう》。

どうです？　マイッキーにそっくりでしょう？

なので、これを泉《いずみ》に投《な》げこめば、どうなるか、わかるよね？

それでは、投《な》げます。スリー、ツー、ワン！

ポチャン！

ブクブクブク。

「あなたが落《お》としたのは、これですね。どうぞ」

え……。

いや、たしかに、姿《すがた》も形《かたち》も、マイッキーそのものなんだけど。

でも、これは、純金《じゅんきん》のマイッキー人形《にんぎょう》……。

そっか……。人形《にんぎょう》を投《な》げこんだから、人形《にんぎょう》をくれたんだね……。

それじゃあ、マイッキーをとりもどすには、マイッキーを泉《いずみ》に投《な》げこまなくちゃいけないってことか。

しかも、マイッキーより下《した》の存在《そんざい》のマイッキーじゃなくちゃいけない。

だけど、そんなマイッキー、いるわけないよね。

じゃあ、どうやっても、マイッキーをとりもどすのは無理《むり》ってこと？

いやいや、なにがあっても、マイッキーを助《たす》けださないと！

とにかく、泉《いずみ》にものを投《な》げこむ作戦《さくせん》はやめましょう。えーと……。

「あ！　もしかして、あれが使《つか》えるかも！」

いや、でもなぁ。あれは準備《じゅんび》に時間《じかん》がかかるんだよなぁ。

タイムリミットは二日《ふつか》。もしダメだったらタイムアップ。やりなおしはできないし……。

「でも、自分《じぶん》を信《しん》じて、やるしかないな！　絶対《ぜったい》、成功《せいこう》させるぞ！」

6 マイッキーもがんばった結果《けっか》

「いやあ、泉《いずみ》の底《そこ》の世界《せかい》って、思《おも》った以上《いじょう》に楽《たの》しいな〜」

最初《さいしょ》は、トマト頭《あたま》の門番《もんばん》たちがこわかったんだけどねぇ。

でも、あの人《ひと》たちさえいなければ、ながめはいいいし、きれいなプールはあるし、暑《あつ》くも寒《さむ》くもなくて、サイコーなんですぅ！

だけど……。

遊《あそ》びまわってたら、いつのまにか、二日《ふつか》がたってたんだよね。

それって、タイムリミットまで、あと一日《いちにち》ってことだよね。

「どうしたんだろ、ぜんいちくん。ぼくより下《した》の物《もの》を、ぜんぜん、投《な》げこんでくれないんですけど」

ぼく、ちょっとあせってきたよ。

「ようし、こうなったら、自分《じぶん》で脱出《だっしゅつ》しよう！　うんうん！」

でも、凶暴《きょうぼう》なトマトの門番《もんばん》がいるところは、だめだよね。

どこか、別《べつ》の出口《でぐち》をさがさないと……。

あ、そういえば！

お城《しろ》の外《そと》の断崖絶壁《だんがいぜっぺき》みたいなところに、窓《まど》みたいなものがあったっけ。

あそこから、外《そと》へ出《で》られるんじゃない？

というわけで、がけの下《した》にかけつけてみると。

「あの窓《まど》の外《そと》に、きれいな青空《あおぞら》が広《ひろ》がってる。ってことは、窓《まど》のむこうは、ここことは別《べつ》の世界《せかい》なんだよ！」

窓《まど》はとっても高《たか》いところにあるけど、うまいことに、そそりたつ石《いし》の壁《かべ》には、ツタがからまってる。

「これをつかめば、うまくのぼれるかも！　よし、のぼるぞ〜！」

ぼくは、ツタをつかむと、ぐいぐいのぼりはじめた。

「ハア……、ハア……。思《おも》った以上《いじょう》にたいへんかも……」

でも、ぼく、がんばるよ。

処分《しょぶん》されたくないし、またぜんいちくんに会《あ》いたいもの。

「よいしょ、よいしょ……。よし！　窓《まど》と同《おな》じ高《たか》さのところまできたぞ」

ところが、窓《まど》があったのは、反対《はんたい》がわのがけ。

そこまで行《い》くには、橋《はし》を渡《わた》らなくちゃいけないの。

橋《はし》には手《て》すりもないし、アスレチックみたいに細《ほそ》い。

でも、下《した》は目《め》がくらむような高《たか》さだから、アスレチックみたいに、失敗《しっぱい》したからやりなおし、ってわけにはいかないみたいで。

どうしよう、めっちゃこわいよぅ……。

「だいじょうぶ！　ぼくならできるよ！　絶対《ぜったい》ぜんいちくんに会《あ》うんだ！」

ぼくは、自分《じぶん》にいいきかせると、橋《はし》を渡《わた》りはじめた。

「一歩《いっぽ》、一歩《いっぽ》、ゆっくりとね……。そう、慎重《しんちょう》に……」

そのとき、反対《はんたい》がわの壁《かべ》に、トマト頭《あたま》の男《おとこ》たちが現《あらわ》れた。と思《おも》ったら！

ヒュン！　ヒュン！　ヒュン！

「うわぁ、矢《や》を射《い》ってきた！　ちょっと、やめてよ～……」

でも、トマト頭《あたま》の男《おとこ》たちは、矢《や》を放《はな》ちつづけてくる。

ヒュン！　ヒュン！　ヒュン！

「うわーん！　橋《はし》が細《ほそ》すぎて、矢《や》をよけられないよ……」

カーン！

あ、ぼくの甲羅《こうら》に矢《や》がクリーンヒットした！

「うわぁ、落《お》ちる〜！　ぜんいちきゅーん、さようなら〜！」

ジャッボーン！

「ひゃあ！　下《した》は川《かわ》だったんだ！　うわぁ、助《たす》かったぁ！」

川《かわ》からあがって、ほっとしたのもつかのま。

「おまえを逃《に》がすわけにはいかないぞ！」

えええ!?　トマト頭《あたま》の門番《もんばん》がふたり、こっちに走《はし》ってくるよ！

ダイヤモンドのオノももってるし！　ま、まずいですぅ〜！

「待《ま》てぇ！」

ああ、追《お》いつかれそうなんですけど……。

ボスッ。

「ひぇっ、痛《いた》い！　た、助《たす》けて〜」

7 ついにきた運命《うんめい》の三日目《みっかめ》

結局《けっきょく》、ぼく、トマト頭《あたま》の門番《もんばん》たちにつかまっちゃったんだよね。

しかも、今日《きょう》は運命《うんめい》の三日目《みっかめ》。

ぼくは、お城《しろ》のはずれの、がけのそばに連《つ》れてこられたの。

がけの下《した》は海《うみ》！

いま、トマト頭《あたま》の門番《もんばん》がひとり、がけから海《うみ》につきでた足場《あしば》の上《うえ》に立《た》って、いろいろなものを海《うみ》に投《な》げすててるところ。

ボチャン！

あれは、ぼくが泉《いずみ》に投《な》げ入《い》れた鉄《てつ》のオノ。

ボチャン！

あれは、ぜんいちくんが泉《いずみ》に投《な》げ入《い》れた古《ふる》いパソコン。

そうだよ。あれは、ぜんぶ、泉《いずみ》に投《な》げこまれてから、三日《みっか》たった物《もの》。あれより下《した》の存在《そんざい》の物《もの》が投《な》げこまれないから、処分《しょぶん》されてるんだよ。

ってことは……。

足場《あしば》からもどってきた門番《もんばん》が、ぼくの手《て》をぎゅっとつかんだ。

「次《つぎ》はぼくを捨《す》てるっていうの？　や、やだよ！　だれか、助《たす》けて！」

でも、トマト頭《あたま》の門番《もんばん》の力《ちから》はものすごく強《つよ》いの。ぼくがいくらさけんでも、あっというまに、足場《あしば》のはしっこまで、連《つ》れていかれちゃった。

足場《あしば》の下《した》は、白《しろ》い波《なみ》がうずまく海《うみ》！

「やだ、やだ、やだ！　海《うみ》に落《お》とさないで！」

でも、トマト頭《あたま》の門番《もんばん》はきっぱりと頭《あたま》をふった。

それから、ぼくを海《うみ》に突《つ》きおとそうと、うでをのばしてくる。

うぎゃあ〜！　こんどこそ、絶体絶命《ぜったいぜつめい》の大《だい》ピンチ〜！

と、そのとき。

ダ、ダ、ダ、ダ、ダ！

マシンガンを撃《う》つような音《おと》がした。

と思《おも》ったら、ぼくの目《め》の前《まえ》から、門番《もんばん》のすがたが消《き》えた。

「え？　ど、どういうこと？」

目《め》を丸《まる》くしていたら、遠《とお》くから緑色《みどりいろ》の影《かげ》が、門番《もんばん》たちにとびかかっていくのが見《み》えた。

ダ、ダ、ダ、ダ、ダ！　ダ、ダ、ダ、ダ、ダ！

緑色《みどりいろ》の影《かげ》は、空《そら》を飛《と》びながら、マシンガンを撃《う》ちまくってる。

そして、トマト頭《あたま》の門番《もんばん》たちが、すべていなくなったとき。

スタッ！

緑色《みどりいろ》の影《かげ》が、空《そら》から降《お》りたった。

って、ぼくとそっくりのカメさんなんだけど。

でも、体《からだ》はピカピカ、背中《せなか》にはロケットをせおってる……。

「え？　まさか、ロボマイッキー!?　でも、どうしてここに？」

ぽかんとするぼくに、ロボマイッキーが、なにかさしだしてる。

あ、これ、ジェットパックじゃない？

ロケットのついたジェットパックは、リュックサックみたいにせおうだけで、自由《じゆう》に空《そら》を飛《と》びまわることができるんだよね。

「そうか！　これで空《そら》を飛《と》んで、脱出《だっしゅつ》しろってこと？」

ロボマイッキー、こくこくこくっと、うなずいてる。

「やった〜！　ロボマイッキー、てんきゅ〜！」

というわけで、ジェットパック噴射《ふんしゃ》！　お城《しろ》の中《なか》をひとっ飛《と》び！

ポイッキーが出《で》ていったとびらから、堂々《どうどう》と飛《と》びだした！

★★★

「ああ、マイッキー、無事《ぶじ》に帰《かえ》ってこられたんだね！」

「うんうん、ほんとにありがとう、ぜんいちきゅーん！」

正直者《しょうじきもの》の泉《いずみ》がある神殿《しんでん》の外《そと》で、マイッキーとぼくはだきあった。

いやあ、それにしても、ロボマイッキーで強行突破《きょうこうとっぱ》する作戦《さくせん》、なんとか成功《せいこう》してよかったよ。

「ねえ、マイッキー。この正直者《しょうじきもの》の泉《いずみ》、ちょっとキケンすぎると思《おも》わない？　破壊《はかい》しておこうか？」

「うん。ちょっと、もったいないような気《き》もするけど、でも、また落《お》とされて、処分《しょぶん》されちゃったら、たいへんだもんねえ、うんうん」

「ようし。それじゃあ、ロボマイッキー、お願《ねが》いします」

ぼくがそういうと、ロボマイッキー、ジェットパックを噴射《ふんしゃ》。

神殿《しんでん》の中《なか》へ飛《と》んでいった。と、しばらくして。

ズドーン！　ズドドーン！

「うひゃあ！　ぜんいちくん、すごい音《おと》だね。それに、地面《じめん》の下《した》が、ぐらぐらゆれてるし！」

「あれは、火炎放射器《かえんほうしゃき》で、泉《いずみ》の下《した》の世界《せかい》をこわしてるんだよ」

と思《おも》ったら、こんどは、目《め》の前《まえ》の神殿《しんでん》が大爆発《だいばくはつ》。

ドッカーン！

あたりいちめん、けむりで何《なに》も見《み》えなくなっちゃった。

でも、これでひと安心《あんしん》だな。

「あ、そういえば、ぜんいちくん。ポイッキーって人《ひと》、来《こ》なかった？」

「ポイッキー？　ああ、来《き》たけど、どっか行《い》っちゃったよ」

「**あ、そう……。ぼく、また会《あ》いたいんだけどな。目《め》がぱっちりして、ぼくと同《おな》じくらいのイケメンだったし**」

イケメン？　ぼくは、マイッキーの小《ちい》さな目《め》のほうがかわいいと思《おも》うけどね。

それにしても、ポイッキーって、いったい何者《なにもの》なんだろ？
って、マイッキーが助《たす》かったんだもの、まあ、いっか！

超《ちょう》こわい人形《にんぎょう》を
たおそうとした
結果《けっか》!?

超《ちょう》こわい人形《にんぎょう》をたおそうとした結果《けっか》!?

もくじ

1 呪《のろ》いの人形《にんぎょう》があらわれた!?…… ▸▸ 63

2 谷《たに》に捨《す》てたはずなのに ▸▸ 70

3 夜明《よあ》けにノックするのはだれ……? ▸▸ 77

4 絶対《ぜったい》にもどってこられないところは? ▸▸ 84

5 どんどん赤《あか》くなっていく…… ▸▸ 89

6 逃《に》げろ、逃《に》げろ、逃《に》げろ〜〜〜〜! ▸▸ 96

7 呪《のろ》いの人形《にんぎょう》を封印《ふういん》せよ! ▸▸ 102

1 呪《のろ》いの人形《にんぎょう》があらわれた⁉

こんにちは、ぜんいちです！

マイッキーとぼくは、これから夕《ゆう》ご飯《はん》を食《た》べるところです。

「いったっだっきまーす！　うみゃうみゃうみゃ。ああ、おいしい〜」

コンコン。

「あれ？　マイッキー。いま、ドアをノックする音《おと》がしなかった？」

「え？　そうぉ？」

コンコン。

「あ、ほんとだ。ぜんいちくん、こんな夜《よる》に、いったいだれだろう」

マイッキーは玄関《げんかん》にむかうと、ドアを開《あ》けた。そのとたん。

「ああっ！」

「マイッキー、どうしたの!?」

「変《へん》な人形《にんぎょう》が、ドアの前《まえ》においてあるんだけど」

変《へん》な人形《にんぎょう》？　あ、ほんとだ。

背《せ》の高《たか》さは、マイッキーより、ちょっと低《ひく》いぐらい。でも、かわいいって感《かん》じはゼロ。

白《しろ》い顔《かお》に、ぎょろっとした目《め》。しかも、目《め》のまわりはまっ赤《か》。口《くち》のまわりはヒゲがはえたみたいに、黒々《くろぐろ》としている。

足《あし》までひとつながりになった、緑《みどり》と赤《あか》の服《ふく》といい、なにもかもがぶきみな人形《にんぎょう》だけど……。

「待《ま》って、マイッキー。これ、呪《のろ》いの人形《にんぎょう》じゃないかな」

「呪《のろ》いの人形《にんぎょう》？　どういうこと？」

「この人形《にんぎょう》が家《いえ》に来《き》てしまったら、その家《いえ》の人《ひと》は七日後《なのかご》に死《し》んでしまうって、聞《き》いたことがあるんだ」

「**えっ？　それじゃあ、ぼくたちも、七日後**《なのかご》**に呪**《のろ》**われて死**《し》**んじゃうの？**」

「いや、だから、そうならないように、この呪《のろ》いの人形《にんぎょう》を捨《す》てに行《い》こうよ、マイッキー」

「うんっ！」

　ということで、ぼくたちはがけのてっぺんにやってきました。

「うわぁ、高《たか》いね、ぜんいちくん」

「うん、軽《かる》く百《ひゃく》メートルはあるかな」

風《かぜ》**もびゅうびゅう吹**《ふ》**いて、危険**《きけん》**きわまりないこの場所**《ばしょ》**から、呪**《のろ》**いの人形**《にんぎょう》**を谷底**《たにぞこ》**に捨**《す》**てようと思**《おも》**います！**

「こんな高《たか》いところから落《お》とされたら、呪《のろ》いの人形《にんぎょう》もひとたまりもないね」

「そういうことです！」

　それでは、呪《のろ》いの人形《にんぎょう》をがけっぷちにおいて、パンチで落《お》としましょう！

ボスッ！

ヒュ〜！

「おぉ〜！　いいね、いいね〜！　落《お》ちていったよ、ぜんいちくん！」

うん、よし、よし、よし！

「でも、マイッキー。念《ねん》には念《ねん》を入《い》れようと思《おも》うんだ。というわけで、これを見《み》てくれない？」

「なに、そのでっかい玉《たま》？　まっ黒《くろ》で、めっちゃ重《おも》そうだけど」

「これは超特大《ちょうとくだい》の鉄《てつ》の玉《たま》です。そして、マイッキーのいうとおり、めっちゃ重《おも》いです。なにしろ、鉄《てつ》のかたまりだからね。なので、これを上《うえ》から落《お》として、呪《のろ》いの人形《にんぎょう》をつぶしちゃいましょう」

「おぉ〜、そういうこと！　やって、やって！」

「オッケー。それでは落《お》とします。ほいっ」

ヒュ〜！

「おおっ、すごい！」

「ほかにもあるから、何個《なんこ》か落《お》としておこうか」

「いいね、いいね、落《お》とそう、落《お》とそう！」

「ほいっ、ほいっ、ほいっ、と」

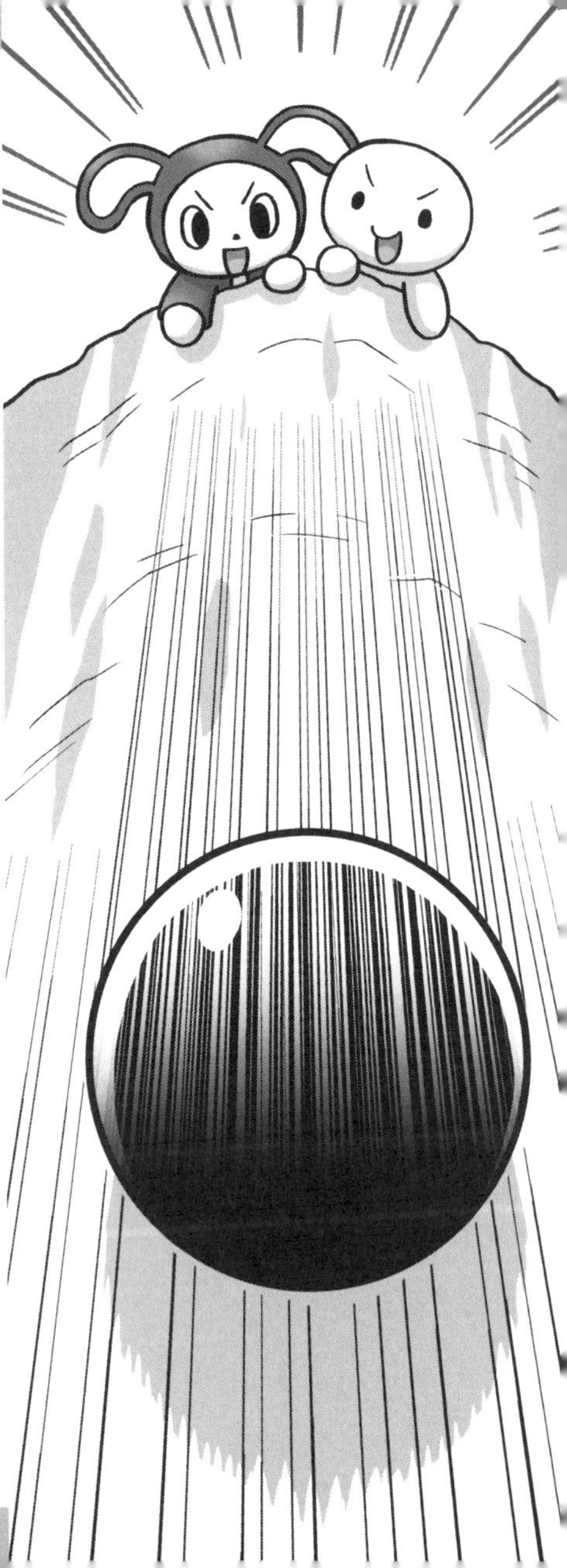

ヒュー～！　ヒュー～！　ヒュー～！

「マイッキーも落《お》としてよ」

「わかった！　ほいっ、ほいっ、ほいっ、と」

ヒュー～！　ヒュー～！　ヒュー～！

「これだけ落《お》とせば、呪《のろ》いの人形《にんぎょう》もぺっちゃんこ！　ひとたまりもないね、ぜんいちくん。これで安心《あんしん》だ！」

というわけで、ぼくたちは家《いえ》に帰《かえ》ってきた。

「マイッキー、今日《きょう》のことは忘《わす》れてさ、ゆっくりと寝《ね》ましょう」

「うん！　そうしましょう。それじゃあ、ぜんいちくん、おやすみ～」

「おやすみ、マイッキー」

2 谷《たに》に捨《す》てたはずなのに

そして、次《つぎ》の朝《あさ》。

コケコッコ～!!

「マイッキー、おはよう」

「おはよう、ぜんいちくん」

「ぼくはよく眠《ねむ》れたけれど、マイッキーはどう？」

「うーん……」

マイッキー、目《め》をこすってる。

「**きのうの呪《のろ》いの人形《にんぎょう》のことがこわくて、よく眠《ねむ》れなかったんだ……**」

「え？　そうだったの？」

「うん、なんか気《き》になるの。ねえ、ぜんいちくん、谷底《たにぞこ》の呪《のろ》いの人形《にんぎょう》が、ほんとうにつぶれているか、確認《かくにん》しに行《い》かない？」

「あ、そう……。だったら、行《い》ってみようか」

そんなわけで、ぼくたちが、谷底《たにぞこ》へ行《い》ってみると。

「えーっと、きのう、呪《のろ》いの人形《にんぎょう》を落《お》としたのはこのあたりのはずなんだけれども」

ほら、きのう落《お》とした超特大《ちょうとくだい》の鉄《てつ》の玉《たま》が、いっぱいころがってるし。

「でも、ぜんいちくん、呪《のろ》いの人形《にんぎょう》が見当《みあ》たらないよ」

「うーん、たしかに……」

ぼくたちは、あたりをいろいろさがしてみた。けれども、やっぱり呪《のろ》いの人形《にんぎょう》はどこにもない。

「いったいどこに消《き》えたわけ？　ぜんいちくん、これ、ぜったいおかしいよ！」

「いや、マイッキー、たまたま見《み》つからないだけじゃないかな？　考《かんが》えすぎだと思《おも》うけど」

「……そうかなぁ。わかった、ぼく、呪《のろ》いの人形《にんぎょう》のことは、忘《わす》れることにするよ」

ちょっと納得《なっとく》がいってなかったみたいだけど、マイッキーも家《いえ》に帰《かえ》ると、すっかり元気《げんき》になって。

「ぜんいちくん。今晩《こんばん》は、呪《のろ》いの人形《にんぎょう》のことなんて忘《わす》れて、ピザパーティをしようよ！」

「それはいいね！」

ってことで、ピザをたくさん焼《や》きました！

「いっただっきまーす！」

「いやあ、おいしいねぇ！　一枚目《いちまいめ》食《た》べ終《お》わったので、二枚目《にまいめ》に行《い》きましょ～！」

コンコン。

ん？

「二枚目《にまいめ》も食《た》べちゃったよ～。なので、三枚《さんまい》め～！」

コンコン。

むむっ？

「マイッキー、ストップ。だれか、来《き》たみたいだぞ。いま、ドアをノックする音《おと》が聞《き》こえたもの」

「え？　だれだろ？　もう夜《よる》もおそいのに……」

コンコン。

「まあ、とりあえず出《で》てみようよ」

ぼくは玄関《げんかん》にむかうと、ドアを開《あ》けた。

えっ？　ええっ！

「**マイッキー、これ、あの呪《のろ》いの人形《にんぎょう》だよ！**」

そう、そこにあったのは、ぎょろ目《め》&口《アンドくち》が耳《みみ》までさけた、あのぶきみな人形《にんぎょう》だったんだ。

「っていうか、ぜんいちくん、きのうより見《み》た目《め》がさらにこわくなってない？」

ん？　あ、いわれてみれば、赤《あか》い部分《ぶぶん》がきのうより増《ふ》えているような。赤《あか》と緑《みどり》だった人形《にんぎょう》の服《ふく》が、腰《こし》から下《した》が赤《あか》くなってる。あと、手《て》の先《さき》も赤《あか》に変《か》わってるし。

「ぜんいちくん、やっぱり谷底《たにぞこ》に捨《す》てるだけじゃダメだったんだよ！」

「うん。とりあえず、マイッキー、この人形《にんぎょう》、気味《きみ》が悪《わる》すぎるから、火山《かざん》に持《も》っていって、火口《かこう》からマグマの中《なか》へ捨《す》てに行《い》かない？」

そうすれば、この呪《のろ》いの人形《にんぎょう》も溶《と》けちゃうと思《おも》うんだ。

「うん、そうしよう、そうしよう！」

ぼくたちは、さっそく人形《にんぎょう》をかかえると、火山《かざん》をのぼっていった。

「よいしょ、よいしょ……」

雪《ゆき》をかきわけて、いっしょうけんめいに登《のぼ》っていく。

「ぜんいちくん、頂上《ちょうじょう》はもうすぐだよね」

「うん。頂上《ちょうじょう》にある火口《かこう》に、地下《ちか》から噴《ふ》き出《だ》すマグマがたまっているはずだよ。ええっと、どこだ、どこだ？」

おっ、あった、あった！

「ほんとだ！　どろどろの溶岩《ようがん》が、まっ赤《か》ににえたぎって、ゴボゴボいってるよ。こわいね〜！」

「ようし、マイッキー、ここに呪《のろ》いの人形《にんぎょう》を投《な》げこもう」

「うんっ」

よし、火口《かこう》のふちに呪《のろ》いの人形《にんぎょう》をおいて、マグマに突《つ》きおとしますっ。

パンチっ！

ボスッ！

ボチャ……。ブスブスブス……。

「はっ……。燃《も》えた、燃《も》えた！　呪《のろ》いの人形《にんぎょう》が燃《も》えてるよ、ぜんいちくん！」

「うん。人形《にんぎょう》がまっ赤《か》な炎《ほのお》に包《つつ》まれているね」

「こんどこそ、呪《のろ》いの人形《にんぎょう》をたおせたよね！　ああ、よかった！」

3 夜《よ》明《あ》けにノックするのはだれ……？

そして、次《つぎ》の日《ひ》の夜《よる》。

「よーし、マイッキー、寝《ね》ましょう〜」

「ああ、なんだかなぁ。きのう、ほんとうに呪《のろ》いの人形《にんぎょう》をたおせたのか、ぼく、まだ不安《ふあん》なんだけど。今日《きょう》もよく眠《ねむ》れないかも……」

「マイッキー、気《き》にしすぎだって。ちゃんと寝《ね》ないと、体調《たいちょう》をくずしちゃうよ」

「そうだね。わかった。それじゃあ、ぜんいちくん、おやすみ」

「うん、おやすみ、マイッキー」

パチッと灯《あか》りを消《け》して、家《いえ》の中《なか》をまっ暗《くら》に。

それから、ぼくは眠《ねむ》りに落《お》ちたんだけど。

コンコン。

変《へん》な音《おと》に目《め》がさめた。

窓《まど》の外《そと》が明《あか》るい。ってことは、もう朝《あさ》みたいだけど。

コンコンコン。

なんだ、なんだ？　この音《おと》はいったい、なんだ？

「ノックの音《おと》じゃない？」

「あ、マイッキーも起《お》きたの？」

「ぜんいちくん、だれかがドアをノックしてるんだよ」

こんなに朝早《あさはや》く？　いったいだれだろ？　宅配便《たくはいびん》かな？

「とにかく、開《あ》けてみよう」

ガチャ。

「わぁっ！」

マイッキーが悲鳴《ひめい》をあげた。

「の、呪《のろ》いの人形《にんぎょう》だよ、ぜんいちくん！」

ええっ！　でも、きのうマグマに落《お》としたはずなのに。

「しかも、ぜんいちくん、きのうよりもまた、赤《あか》い部分《ぶぶん》がふえてるよ」

う、うん。もう首《くび》から下《した》がすべて、まっ赤《か》な血《ち》の色《いろ》にそまってるよ。

そのぶん、ぶきみさもさらに増《ふ》えてる。

「こわい、こわい！　ぼく、こわいよ！」

うん、こんどこそ、なんとかしないといけないな……。

「よーし、マイッキー。こうなったらね、この呪《のろ》いの人形《にんぎょう》を、大量《たいりょう》のTN《ティーエヌ》T《ティー》で爆破《ばくは》するぞ」

「うん、そうしよう、そうしよう！」

それじゃあ、まずは、こうやってと。

ぼくは、呪《のろ》いの人形《にんぎょう》のまわりに、TNT《ティーエヌティー》をたくさん設置《せっち》していった。

「ぼくも手伝《てつだ》うよ、ぜんいちくん！　ここにもそこにも、TNT《ティーエヌティー》を積《つ》みあげてっと……」

「マイッキー、むこうがわにもお願《ねが》いするよ」

「オッケー。それにしても、ぜんいちくん、すごい量《りょう》のTNT《ティーエヌティー》だね」

「とにかくね、この呪《のろ》いの人形《にんぎょう》は、ほんとうにしぶといからね、たくさんのTNT《ティーエヌティー》を使《つか》うしかなさそうなんだよ」

「そうだねえ」

「で、TNT《ティーエヌティー》を爆発《ばくはつ》させて、呪《のろ》いの人形《にんぎょう》をこっぱみじんに破壊《はかい》すれば、二《に》度《ど》と現《あらわ》れないいんじゃないかなと思《おも》います」

よし、これでいいでしょう。

「そうしたら、マイッキー、これをかまえて。じゃーん！」

ぼくがマイッキーにわたしたのは、ロケットランチャー。

「ぼくといっしょに、ロケットランチャーで呪《のろ》いの人形《にんぎょう》をロックオンして、ロケットを発射《はっしゃ》しまくりましょう！」

TNT TNT
TNT TNT
TNT TNT
TNT

「うんっ！」

「それじゃあ、ロックオンして」

「ロックオン！」
ピ、ピ、ピ、ピ、ピ、ピ――――！
「よし、ロックオン完了《かんりょう》！　それじゃあ、一気《いっき》にロケットを発射《はっしゃ》します！」

スリー、ツー、ワン、発射《はっしゃ》！

ズド、ド、ド、ド、ド！

「ようし、いけ、いけ、いけ！」

ズド、ド、ド、ド、ド、ド、ド、ド！

かぞえきれないほどのロケットがTNT《ティーエヌティー》の山《やま》に吸《す》いこまれていく。

そして……。

ドカン、ドカン、ドカン、ドカーン！

大量《たいりょう》につみあげられたTNT《ティーエヌティー》が、次々《つぎつぎ》と爆発《ばくはつ》。

「うわぁ、大爆発《だいばくはつ》だぁ！」

ほんと！　それにものすごい煙《けむり》で、なんにも見《み》えないよ！

「いったいどうなっただろうね、ぜんいちくん！」

だんだん煙《けむり》が消《き》えていくから、もうすぐわかるはず……。

「どうだ？　どうだ？　どうなった？」

「おおお～！　見《み》て、マイッキー、爆発《ばくはつ》でとんでもなく巨大《きょだい》な穴《あな》があいてるよ！」

それに呪《のろ》いの人形《にんぎょう》はどこにもない。ってことは？

「たおしたんじゃない？　ぜんいちくん、ぼくたち、呪《のろ》いの人形《にんぎょう》をたおしたんじゃやない？」

「やったぁ！　やったぞ。こんどこそ、呪《のろ》いの人形《にんぎょう》を退治《たいじ》できたはずだ！」

4 絶対《ぜったい》にもどってこられないところは？

そして、夕方《ゆうがた》。

「いやあ、今日《きょう》はすごかったねぇ。さすがの呪《のろ》いの人形《にんぎょう》も、あの爆発《ばくはつ》を生《い》きのびられるってことはないと思《おも》います」

「うん！　やっと呪《のろ》いの人形《にんぎょう》から、解放《かいほう》されたね！　気分《きぶん》がいいよ」

ほんと。そう思《おも》ったら、なんだかおなかが空《す》いてきたような。

「ぜんいちくん、ぼく、畑《はたけ》から、夕《ゆう》ご飯《はん》の食材《しょくざい》をとってきてあげます」

「おお、ありがとう、マイッキー！」

「どういたしまして～」

マイッキー、はずむように玄関《げんかん》にむかっていくと、ドアを開《ひら》いた。

ガチャリ。

「ええぇっ！」

「どうしたの、マイッキー？」

「呪《のろ》いの人形《にんぎょう》がいる！」

「なんだって!?」

かけつけてみると、たしかにそこには、呪《のろ》いの人形《にんぎょう》が立《た》っていた。

赤《あか》くふちどりされた目《め》で、じっとこっちを見《み》つめてる。

「どういうこと？　TNT《ティーエヌティー》で木《こ》っ端《ぱ》微塵《みじん》にしたはずなのに……」

マイッキーの声《こえ》がふるえている。

「もうだめだ。ぼくたち、七日目《なのかめ》に死《し》んじゃうんだよ……」

「あきらめちゃだめだよ、マイッキー。できるかぎりのことをやらなきゃ」

ええっと、なにかできることはないかな……。あ、そうだ！

「マイッキー、この呪《のろ》いの人形《にんぎょう》を、海《うみ》の深《ふか》いところに投《な》げこんでみようよ」

「海《うみ》の深《ふか》いところ？　う、うん、やってみようか……」

というわけで、ぼくたちはまず、呪《のろ》いの人形《にんぎょう》をかかえて、村《むら》へ。そして、そこで、村人《むらびと》から船《ふね》を借《か》りると、海《うみ》にのりだした。

「よし、マイッキー、これから、できるだけ深《ふか》いところへ行《い》くよ」

「うん」

それから一時間《いちじかん》、もう岸《きし》が見《み》えなくなったところで、船《ふね》をとめた。

「よし、ここがいいぞ。見《み》て、マイッキー。このあたりは、とっても深《ふか》いです。たぶん、一万《いちまん》メートルぐらいはあると思《おも》います」

「すごい深《ふか》さだね！　そこに呪《のろ》いの人形《にんぎょう》を沈《しず》めたら、なんとかなるんじゃない？」

よーし、それじゃあ、人形《にんぎょう》を海《うみ》に沈《しず》めましょう。

船《ふね》のはしっこに呪《のろ》いの人形《にんぎょう》をおいて。パーンチ！

ボスッ。

ボッチャーン！

「ナーイス！　ぜんいちくん、呪《のろ》いの人形《にんぎょう》が、海《うみ》に沈《しず》んでいったよ！」

「おお、あっというまに見《み》えなくなったぞ」

「**ほんと！　これでぼくたち、呪《のろ》いから解放《かいほう》されるね！**」

そして、その夜《よる》。

「ぜんいちくん。一万《いちまん》メートルもの深《ふか》い海《うみ》に沈《しず》んだら、ぜったいに地上《ちじょう》にはもどって来《こ》られるわけないよね」

「うん。だから、マイッキー。今夜《こんや》は、安心《あんしん》して眠《ねむ》れるよ」

ということで、灯《あか》りを消《け》して。

「おやすみ、マイッキー」

「うん、おやすみ、ぜんいちくん！」

5 どんどん赤《あか》くなっていく……

そして、夜《よる》が明《あ》けて。

コンコン。

ん？

コンコン。

あれ？　だれかが玄関《げんかん》をノックしてる？

コンコンコンコン。

「やっぱりだ。マイッキー、だれか来《き》たみたいだよ」

「えっ？　だれだろ……」

マイッキーの顔《かお》がこわばった。けれど、すぐに作《つく》り笑《わら》いを浮《う》かべて。

「今日《きょう》こそは呪《のろ》いの人形《にんぎょう》じゃないよ。ほかのだれかが来《き》たんだと思《おも》う」

マイッキー、自分《じぶん》にいいきかせているみたい。

「だって深《ふか》ーい海《うみ》に沈《しず》めてきたんだもん。地上《ちじょう》にもどってこられるワケないよ、うん、うん」

「そうだね、マイッキー。ぼくもね、そう思《おも》います。深海《しんかい》から、もどってこられるワケがないからね」

「そうでしょ？　きっと、村人《むらびと》だよ」

マイッキー、わざと元気《げんき》よく声《こえ》をあげると、ドアにむかった。

「ドアを開《あ》けてみよう！　スリー、ツー、ワン！」

がちゃり。

「ええっ！　う、うそ！」

うわっ！　また、呪《のろ》いの人形《にんぎょう》だ！

「ぼくたち、まだ呪《のろ》いから解放《かいほう》されていなかったんだよ。しかも、見《み》た目《め》がまたこわくなってるよ、ぜんいちくん……」

たしかに、またまた赤《あか》い部分《ぶぶん》が増《ふ》えてるぞ。

体《からだ》だけじゃない、顔《かお》も、頭《あたま》と鼻《はな》以外《いがい》は、赤《あか》くなってる。

「マイッキー、たぶんこれ、体全体《からだぜんたい》が赤《あか》くなったら呪《のろ》いが発動《はつどう》するんだよ」

「それって、もうすぐってことじゃない。ど、どうしよう」

うーん、どうしたらいいだろう……。

「あ、わかった、マイッキー。こうなったら、異世界《いせかい》に呪《のろ》いの人形《にんぎょう》を置《お》き去《ざ》りにしてしまえばいいんだ！」

「異世界《いせかい》って、オパークのこと？」

そうです。オパークは暗黒《あんこく》の世界《せかい》。そこにはドラゴンをはじめとして、ボンバーとか、アルケロとか、魔物《まもの》がうようよいるんです。

でも、そこは、ぼくたちが暮《く》らしている世界《せかい》とは別世界《べつせかい》。

特別《とくべつ》などうくつか、あとはオパークゲートっていう通《とお》り道《みち》を作《つく》る以外《いがい》は、つながっていないんです。

「つまり、オパークに呪《のろ》いの人形《にんぎょう》を置《お》いてくれれば、二度《にど》と、こっちの世界《せかい》にはもどれないってわけだよ」

「それは、いいアイデアだよ、ぜんいちくん！　うん、うん！」

というわけで、ぼくたちは呪《のろ》いの人形《にんぎょう》をもって、近《ちか》くの丘《おか》へ。

そして、作《つく》り始《はじ》めたのが、オパークゲート。

まずは、黒曜石《こくようせき》を『ロ』の字《じ》に積《つ》みあげてっと。

できたら、あとは火《ひ》を着《つ》けるだけ。すると、オパークゲートが開《ひら》いて、異世界《いせかい》オパークへつながることができるというわけ。

「それじゃあ、火《ひ》を着《つ》けるよ。スリー、ツー、ワン、着火《ちゃっか》！」

「おおおっ、ゲートが開《ひら》いたよ、ぜんいちくん！」

それじゃあ、さっそく、呪《のろ》いの人形《にんぎょう》をもって、異世界《いせかい》オパークへと行《い》きましょう！

「行《い》きましょう〜、行《い》きましょう〜」

はいっ、オパークゲートをくぐりました。

これでもう、オパークに到着《とうちゃく》です！

「うわぁ、あたりがマグマでまっ赤《か》だね、ぜんいちくん」

そうです。オパークはマグマだらけの、地獄《じごく》のような世界《せかい》なんです。

「よし、マイッキー。さっそく、このマグマの海《うみ》に、呪《のろ》いの人形《にんぎょう》を落《お》としましょう」

「うん、落《お》とそう、落《お》とそう！」

それじゃあ、例《れい》によって、マグマの

海《うみ》のほとりに呪《のろ》いの人形《にんぎょう》をおいて。

スリー、ツー、ワン！　パーンチ！

ボスッ。

ボチャン！　ブスブスブスブス……。

「うわぁ、呪《のろ》いの人形《にんぎょう》が炎《ほのお》に包《つつ》まれていくよ、ぜんいちくん！」

いいね～。よし、それじゃあ、次《つぎ》のステップに進《すす》もう。

「マイッキー、この状態《じょうたい》で、ぼくたちだけ、もとの世界《せかい》にもどりましょう」

「うんっ！　帰《かえ》りましょ、帰《かえ》りましょ！」

ぼくたちは、マグマの海《うみ》からはなれて、オパークゲートへダッシュ。

で、ゲートをくぐると……。

ボヨヨヨーン。

目《め》の前《まえ》がゆらゆらしたと思《おも》ったら、ゲートのある丘《おか》に立《た》ってました。

「ぜんいちくん、無事《ぶじ》にもどってこられたね！」

「でも、まだ終《お》わりじゃないよ。これを使《つか》って次《つぎ》のステップに進《すす》みます」

「それ、ダイヤモンドのつるはしじゃん。めっちゃかたいんだよね」

そうです。地球上《ちきゅうじょう》のなによりもかたいのが、ダイヤモンドなんです。

「これを使《つか》ってね、オパークゲートのはしっこを破壊《はかい》します！」

ガンガンガン！　ガンガンガンガン！

バキッ。

「やった！　オパークゲートがこわれたぞ！　これで、異世界《いせかい》オパークとこっちの世界《せかい》をつなぐものはなくなったってこと！」

「そうか、これなら、呪《のろ》いの人形《にんぎょう》も、ぼくたちの世界《せかい》にはぜったいにもどってこられないってことだね。ぜんいちきゅん、あったまいい〜」

「そういうこと！　マイッキー、こんどこそ安心《あんしん》して寝《ね》られるよ！」

「うんっ。それじゃあ、暗《くら》くなってきたし、帰《かえ》って寝《ね》よう寝《ね》よう〜」

6

逃《に》げろ、逃《に》げろ、逃《に》げろ〜〜〜〜！

いやあ、よかった。わざわざオパークまで行《い》ったかいがあったよ！

マイッキーが、ルンルンで、玄関《げんかん》のドアをあけた。

と、そのとたん。

「わあっ！」

「マイッキー、どうかしたの？　……えっ」

な、なんと、ぼくたちの家《いえ》の中《なか》に、呪《のろ》いの人形《にんぎょう》が！

しかも、人形《にんぎょう》は、頭《あたま》のてっぺんから、つまさきまで、全身《ぜんしん》がまっ赤《か》。

「まずいぞ、マイッキー。この人形《にんぎょう》、呪《のろ》いが発動《はつどう》する直前《ちょくぜん》だよ」

「そ、そんなぁ!?」

マイッキーが、悲鳴《ひめい》のような声《こえ》をあげた。

「それにしても、ぜんいちくん、これ、どういうこと？　どうして、何《なに》をしても、呪《のろ》いの人形《にんぎょう》はもとにもどってきちゃうの？」

うーん……。あ、そうか！

「マイッキー、聞《き》いて。呪《のろ》いの人形《にんぎょう》は、何《なに》をしても、もどってくるんだ、この家《いえ》にね」

「うん、それはわかってるよ」

「ということは、逆《ぎゃく》にぼくたちが逃《に》げちゃえばいいんじゃない？　この家《いえ》から」

「あ、な、なるへそ……」

「だから、マイッキー、早《はや》くこの家《いえ》から逃《に》げだそうよ！」

「う、うん、わかった！　逃《に》げよう、逃《に》げよう！」

ぼくたちは、全速力《ぜんそくりょく》で走《はし》りだした。

「で、どこへ逃《に》げるの、ぜんいちくん？」

「どこでもいいよ。とにかく、できるだけ遠《とお》くまで逃《に》げようよ」

「だったら、ぜんいちくん、あのがけをとびおりようよ」

え？　がけを？

「ちょっと高《たか》いけど、下《した》は川《かわ》だから、安全《あんぜん》だよ。そのまま流《なが》れていけば、さらに遠《とお》くまで行《い》けるでしょ」

おお、マイッキー、それはナイスアイデアだね！

たしかに、高《たか》いがけをとびおりるのはこわいけど。いまはそんなことをいってる場合《ばあい》じゃない。

いまにも呪《のろ》いが発動《はつどう》しそうなんだから、とにかく逃《に》げるのがいちばん！

「よし、それじゃあ、ジャーンプ！」

ヒュ〜〜〜！　ジャッボ〜ン！

「おおお、流《なが》れる、流《なが》れる！　この川《かわ》、かなりの速《はや》さで流《なが》れてるよ、ぜんいちくん！」

ほんと。あっというまに、見《み》たこともない場所《ばしょ》まで、流《なが》れてきたね。

「よし、そろそろ、川《かわ》から上《あ》がろうか、マイッキー」

「うん。あとは空《あ》き家《や》をさがそうよ、ぜんいちくん。今夜《こんや》はそこで夜《よる》を明《あ》かすんだ。ええっと、どこかに空《あ》き家《や》はないかな」

マイッキーといっしょに、空《あ》き家《や》、空《あ》き家《や》とつぶやきながら、暗《くら》い森《もり》の中《なか》を走《はし》っていくと。

「ぜんいちくん、見《み》て！　あそこにあるの、空《あ》き家《や》じゃない？」

おおお〜。たしかに。屋根《やね》やかべがちょっとくずれてて、クモの巣《す》がはったりしてるけど、でも、あれはまちがいなく空《あ》き家《や》だね。

「ようし、今夜《こんや》はあそこに泊《と》まろうよ、マイッキー！」

「うん、あそこに逃《に》げこもう〜」

マイッキー、おおはりきりで空《あ》き家《や》へ走《はし》っていく。

「ああ、あの呪《のろ》いの人形《にんぎょう》から、やっとはなれることができて、よかったあ」

ほっとした声《こえ》でそういったマイッキーが、ドアを開《あ》けた。

「ひえっ！　うそっ！」

う、うわっ！　空《あ》き家《や》の中《なか》に、呪《のろ》いの人形《にんぎょう》がいる！

全身《ぜんしん》まっ赤《か》な人形《にんぎょう》が、黒《くろ》い目《め》で、じっとぼくたちを見《み》つめてるよ。

「なんてことなの！　ぼくたちもう、呪《のろ》いの人形《にんぎょう》から一生《いっしょう》逃《に》げることはできないんだ！」

マイッキー、いまにも泣《な》きそう。

「ぼくたち、このままだと、大変《たいへん》なことになっちゃうよ。うう……」

そんなこと、考《かんが》えたくもないけれど……。

でも、どこへ逃《に》げても、ぼくたちの前《まえ》に現《あらわ》れるなんて……。

なんで？　いったい、なんでなんだ……。

あ、もしかして……。

「マイッキー。**呪《のろ》いの人形《にんぎょう》の〝特性《とくせい》〟を利用《りよう》すれば、人形《にんぎょう》を封印《ふういん》することができるかもしれないぞ**」

「呪《のろ》いの人形《にんぎょう》の〝特性《とくせい》〟ってなに？　封印《ふういん》だなんて、どうやってするの？」

「うん。それには、まず、作《つく》りたいものがあるので、ちょっと待《ま》ってて」

7

呪《のろ》いの人形《にんぎょう》を封印《ふういん》せよ！

それから数時間後《すうじかんご》。

すっかり朝《あさ》になっちゃった。でも、これで完成《かんせい》したぞ。

「マイッキー、見《み》てください、これを！　じゃーん！」

「ん？　これ、石《いし》で作《つく》った建物《たてもの》だよね。なんなの？」

「ずばり、これは刑務所《けいむしょ》です！　ちなみに、呪《のろ》いの人形《にんぎょう》は、この刑務所《けいむしょ》の中《なか》に閉《と》じこめてあります」

「ぜんいちくん、そんなことしても、むだだよ。呪《のろ》いの人形《にんぎょう》は、だれも見《み》てないスキに脱獄《だつごく》して、ぼくたちを倒《たお》しにくるはずだもの」

そう！　そこなんだよ、マイッキー！

「〝**だれも見《み》てない**〟**スキに移動《いどう》するっていうのが、呪《のろ》いの人形《にんぎょう》の**〝**特《とく**

性《せい》〟なんだ！」

「ん？　ああ、いわれてみれば、呪《のろ》いの人形《にんぎょう》が移動《いどう》しているところ、見《み》たことがないかもね」

でしょ？

「というわけで、マイッキー。呪《のろ》いの人形《にんぎょう》のようすを見《み》にいこうよ」

ぼくは刑務所《けいむしょ》のドアを開《あ》けると、中《なか》に入《はい》った。

で、うすぐらい廊下《ろうか》を奥《おく》まで進《すす》むと、牢屋《ろうや》が現《あらわ》れた。

「ほら、いま呪《のろ》いの人形《にんぎょう》は牢屋《ろうや》の中《なか》で、じっとしているよね？」

「うん、そうだね」

「それは、いま、ぼくたちが人形《にんぎょう》を〝見《み》ている〟からなんだ」

そして、ぼくたちが見《み》ているかぎり、呪《のろ》いの人形《にんぎょう》はここから動《うご》かない。

「そこで、これが役《やく》に立《た》つはずなんだ」

じゃーん！

「ぜんいちくん、それ、監視《かんし》カメラじゃない？」

「そうです。これを牢屋《ろうや》の中《なか》の壁《かべ》に設置《せっち》します」

ひとつだけじゃないよ。それだと、カメラに映《うつ》らない『死角《しかく》』っていうのができちゃうからね。

そうならないように、反対《はんたい》がわの壁《かべ》、それから牢屋《ろうや》の外《そと》や廊下《ろうか》とか、あちこちに設置《せっち》します。

ここにも、あ、むこうにも設置《せっち》しておくかな。

「よし。こうするとね、必《かなら》ずどこかのカメラに、呪《のろ》いの人形《にんぎょう》の姿《すがた》が映《うつ》ることになるんだ。ということは？」

「あ、ぼく、わかったかも。呪《のろ》いの人形《にんぎょう》は、いつもだれかに見《み》られてるって思《おも》って、動《うご》くことができなくなるんじゃない？」

そういうこと！

「なるほど～！　ぜんいちくん、あったまいい～」

そうしたら、この牢屋《ろうや》の戸《と》を閉《と》じてっと。

ガラガラガラ。

「よし。あとは、家《いえ》にもどって寝《ね》るだけだよ」

明日《あした》はいよいよ呪《のろ》いが発動《はつどう》する七日目《なのかめ》。

朝《あさ》になって、無事《ぶじ》に起《お》きることができれば、もう二度《にど》と呪《のろ》いにおびえる必要《ひつよう》はないってことです。

「緊張《きんちょう》するね、ぜんいちくん。無事《ぶじ》に朝《あさ》を迎《むか》えることができるかな……」

★★★

そして、次《つぎ》の朝《あさ》。

コケコッコー！

「うん？　窓《まど》の外《そと》が明《あか》るいぞ」

マイッキーが、むくっとベッドから起《お》きあがった。

「ぜんいちくん？　ぜんいちくん？」

「……ふぁっ。あ、おはよう、マイッキー……」

「あ、ぜんいちくんが、ふつうに目《め》をさました」

ん？　あ、もう朝《あさ》だね。ってことは……。

「ぜんいちくん、ぼくたち無事《ぶじ》に朝《あさ》を迎《むか》えることができたんだよ！」

おおおっ！　それに、呪《のろ》いの人形《にんぎょう》もどこにもないね！

「マイッキー、ぼくたち、ついに呪《のろ》いから解放《かいほう》されたんだよ！」

そうしたら、マイッキーは、ぴょーんとベッドからジャンプすると、そのまま、家《いえ》の外《そと》へ走《はし》りだした。

「やった！　やった！　呪《のろ》いの人形《にんぎょう》から逃《に》げることができたんだね！」

いやあ、よかった。

今回《こんかい》は、めちゃくちゃこわい思《おも》いをしたけど、ほんとうによかったよ！

ゴーレムで
村《むら》を守《まも》る難易度《なんいど》が
ガチで高《たか》すぎた!?

ゴーレムで村《むら》を守《まも》る難易度《なんいど》がガチで高《たか》すぎた!?

もくじ

1 かぼちゃの頭《あたま》でゴーレム作《づく》り!? ▸▸ 110

2 いろんなゴーレムを作《つく》ってみよう! ▸▸ 115

3 キラキラ系《けい》ゴーレムにも挑戦《ちょうせん》! ▸▸ 122

4 天然素材《てんねんそざい》のゴーレムも作《つく》れる? ▸▸ 127

5 激闘《げきとう》!? ゾンビVS《バーサス》ゴーレム ▸▸ 135

1 かぼちゃの頭《あたま》でゴーレム作《つく》り!?

こんにちは、ぜんいちです！

「ということで、マイッキー。今日《きょう》はこのチェストの中身《なかみ》を使《つか》って、この村《むら》のセキュリティを強化《きょうか》したいと思《おも》います」

「セキュリティを強化《きょうか》？　えっ、チェストの中身《なかみ》ってなんなの？　見《み》せてくださーい！」

はい、では見《み》てみましょう。いくよっ。

「スリー、ツー、ワン、オープン！」

ジャジャーン！

「おおっ、すごい！　って、自分《じぶん》でいっといて、ぜんいちくん、これってただの……」

「はい、素材《そざい》です。でも、いろんな種類《しゅるい》の素材《そざい》がたくさん入《はい》っているでしょ。あとね、これはカボチャの頭《あたま》」

「はあ……。でも、ぜんいちくん。こんなもので、村《むら》のセキュリティを強《きょう》化《か》できるの？　だって、カボチャでしょ？」

「うん。まあ、カギとなるのは、カボチャだね」

「どうやってカボチャで村《むら》を守《まも》るの？　そんなの、無理《むり》でしょ！」

アハハハ、たしかにふつうはそう思《おも》うよね。

「でも、マイッキー。これはただのカボチャじゃありません。最強《さいきょう》のカボチャなんです」

「は？　どゆこと？」

「マイッキー、アイアンゴーレムって知《し》ってる？」

「もちの、ろん！　鉄《てつ》でできた『人造人間《じんぞうにんげん》』でしょ？　村《むら》に現《あらわ》れて、村人《むらびと》を守《まも》るの」

「だよね？　そのゴーレムを、いろんな素材《そざい》を使《つか》って作《つく》るとき、このカボチャの頭《あたま》が、めちゃめちゃ役《やく》に立《た》つんだよ」

「はあ……」

マイッキー、ぽかんとしているね。まあ、無理《むり》もないよね。

それじゃあ、実際《じっさい》にやってみましょう。

「マイッキー、ついてきて。まずは、土《つち》で試《ため》してみるから」

ぼくは、庭《にわ》の土《つち》をほりはじめた。

「で、集《あつ》めた土《つち》を、こんなふうに置《お》いていきます」

まずは、ゴーレムの足《あし》でしょ。その上《うえ》に、体《からだ》を作《つく》る。

そして、その左右《さゆう》にひとつずつつけて、うでにするっと。

「で、マイッキー、この上《うえ》にカボチャの頭《あたま》をのっけてみて」

「わかった。スリー、ツー、ワン、ほいっ」

…………。

「ぜんいちくん、なんにも変《か》わらないよ？」

「うーん……。そっか、土《つち》じゃ、ゴーレムにならないのか」

どうやら、素材《そざい》によって、ゴーレムが作《つく》れたり、作《つく》れなかったりするみたいだね。よし、別《べつ》の素材《そざい》をためしてみよう。

「この草《くさ》の素材《そざい》はどうかな」

ぼくは、緑色《みどりいろ》の草《くさ》を準備《じゅんび》すると、さっきと同《おな》じように置《お》いてみた。

「さあ、マイッキー、てっぺんにカボチャの頭《あたま》をのっけてみて」

「わかった。スリー、ツー、ワン、ほいっ。わわわわ！」

おおおお、うでをふりはじめた！　それに、のしのし、歩《ある》きはじめたぞ！

「すごい！　葉《は》っぱのゴーレムって、強《つよ》そうだね、ぜんいちくん！」

「しかも、鉄《てつ》のゴーレムに比《くら》べて、歩《ある》くの、速《はや》くない？」

「ほんとだ。庭《にわ》のなかを、超高速《ちょうこうそく》で歩《ある》きまわってる！」

「ということで、マイッキー。これから、いろんな素材《そざい》でゴーレムを作《つく》って、村《むら》のセキュリティを強化《きょうか》しましょう！」

「うん、作《つく》ろう、作《つく》ろう！」

2 いろんなゴーレムを作《つく》ってみよう！

「まず最初《さいしょ》は、ディスペンサーで作《つく》ってみるのは、どう、マイッキー？」

「ディスペンサーって、中《なか》にいれたものを発射《はっしゃ》できるんだよね。どんなゴーレムができるのか、気《き》になるよ」

じゃあ、作《つく》ってみましょう。

発射《はっしゃ》する面《めん》を前《まえ》にむけて組《く》み合《あ》わせるのが、ちょっとむずかしいけど、こうして、足《あし》と体《からだ》とうでをつくって……。

「はい、できた。それでは、マイッキー、カボチャの頭《あたま》をお願《ねが》いします」

「オッケ〜！　では、のせるよ。スリー、ツー、ワン、ほいっ！」

のしのしのしのし！

「うわぁ！　歩《ある》きだした！　強《つよ》そう〜」

「強《つよ》いのは見《み》た目《め》だけじゃないよ、マイッキー。こうやって、ディスペンサーに矢《や》を入《い》れたら、発射《はっしゃ》するはずです」

「そうか！　じゃあ、ぼくも入《い》れとこっと」

「アハハハ！　で、次《つぎ》は何《なに》を作《つく》る？　こんどはマイッキーが作《つく》っていいよ。なんでも好《す》きな素材《そざい》を使《つか》っていいから」

「いいの？　だったら、これでしょ！」

あ、TNT《ティーエヌティー》爆弾《ばくだん》!?

これはおもしろいゴーレムができそうだな。

「それじゃあ、作《つく》るよ。足《あし》、胴体《どうたい》、両手《りょうて》と、TNT《ティーエヌティー》をならべて、最後《さいご》にカボチャの頭《あたま》をのせるっと……」

ガシン、ガシン、ガシン！

「やったー！　まっ赤《か》な体《からだ》に『TNT《ティーエヌティー》』って書《か》いたゴーレムなんて、いままで、だれも見《み》たことないんじゃない？　めっちゃレアでしょ！」

「たしかに。ただ、マイッキー、これ、明《あき》らかに危険《きけん》じゃない？　全身《ぜんしん》、爆弾《ばくだん》だもの。爆発《ばくはつ》したら、たいへんなことになりそうだよ」

ところが、マイッキーから返事《へんじ》なし。

うわぁ、マイッキーったら、いろんな素材《そざい》を使《つか》って、いくつもゴーレムを作《つく》ってるぞ。

どれどれ？　この素材《そざい》はスポンジ。こっちはマグマ、そのとなりはスイカ、そして、スライム⁉

「だけど、ぜんいちくん。カボチャの頭《あたま》をのせたら、どれも、ちゃんとゴーレムになると思《おも》う？」

「できると思《おも》うけど、ためしてみれば、わかるでしょ」

ようし、それじゃあ、スライムからはじめようか。

カボチャの頭《あたま》をのせるぞ。

スリー、ツー、ワン、ゴー！

ぷよん、ぷよん、ぷよん。

「おおっ、スライムのゴーレムが歩《ある》きだしたね、ぜんいちくん！」

「アハハハ、ぷるぷるしながら、歩《ある》いてるよ。ただ強《つよ》いのかどうか、どんな特殊能力《とくしゅのうりょく》があるのかは、まだわからないね」

「次《つぎ》は、スイカでやってみるよ、ぜんいちくん」

スリー、ツー、ワン、ゴー！

シャキ、シャキ、シャキ。

「アハハハ！　ぜんいちくん、スイカゴーレムができた！」

「うん。これも、どんな特殊能力《とくしゅのうりょく》があるのかはわからないけど、ぼく、スイカが好《す》きだから、かなりいい感《かん》じ！」

よしよしよし。この調子《ちょうし》なら、村《むら》のセキュリティも、強化《きょうか》できそうだ。

「マイッキー、次《つぎ》はマグマゴーレムに挑戦《ちょうせん》だ。カボチャの頭《あたま》をのせて……」

スリー、ツー、ワン、ゴー！

ブワッ、ブワッ、ブワッ。

「うわぁ、まっ赤《か》な炎《ほのお》で輝《かがや》くゴーレムになったよ、ぜんいちくん！」

「夜《よる》でも街《まち》を明《あか》るく照《て》らしてくれそうだね」

「それに、強《つよ》そうだし！」

ようし、つぎはスポンジに頭《あたま》をのせてゴーレムにしてみよう。

スリー、ツー、ワン、ゴー！

ほわん、ほわん、ほわん。

「アハハハ、スポンジゴーレムは、見《み》るからに軽《かる》そうだね、ぜんいちくん」

「それに、体《からだ》がスポンジってことは、水《みず》を吸《す》うんじゃないかな」

なぁんて、いってるそばから、スポンジゴーレムが、ニンジン畑《ばたけ》の横《よこ》の水《すい》路《ろ》に入《はい》っていった。

「おおお、思《おも》った通《とお》りだよ。水《すい》路《ろ》の水《みず》を吸《す》ってるぞ！」

「でも、ぜんいちくん、スポンジゴーレムが、水《すい》路《ろ》の水《みず》を、ぜーんぶ吸《す》いとっちゃいそうだけど？」

「うわぁ、それはまずい！　ニンジンが枯《か》れちゃうぞ！」

ニンジンは貴重《きちょう》な食料《しょくりょう》だからね、いまのうちにぜんぶ収穫《しゅうかく》しておこう。

「スポンジゴーレムくん、すごいのはわかったけど、畑《はたけ》は荒《あ》らさないでね」

マイッキーのおねがいを聞《き》いているのか、いないのか、スポンジゴーレムは、ほわんほわんと、どこかへ歩《ある》いていっちゃった。

「でも、マイッキー？　いろんな素材《そざい》でゴーレムを作《つく》れるってこと、わかったでしょ？」

「うん、楽《たの》しい、楽《たの》しい〜！」

3

キラキラ系《けい》ゴーレムにも挑戦《ちょうせん》！

さて、次《つぎ》はどんな素材《そざい》で、ゴーレムを作《つく》ろうかなぁ。

「キラキラ光《ひか》る素材《そざい》とか、どう？」

「マイッキー、ナイスアイデア。じゃあ、氷《こおり》で作《つく》ってみようか」

「いいね～。でも、氷《こおり》だから、溶《と》けないうちに、カボチャ頭《あたま》をのせないとだめだよね！」

そういうことです。それじゃあ、スリー、ツー、ワン、ゴー！

…………。

「ぜんいちくん、ぜんぜん動《うご》かないよ？」

「うん……。氷《こおり》をゴーレムにはできないみたいだね」

まあ、いいや。だったら、ガラスで作《つく》ってみましょう。

スリー、ツー、ワン、ゴー！

シャキ、シャキ、シャキ。

「マイッキー、見《み》て！　ガラスゴーレムができた！」

「透明《とうめい》なゴーレムって、きれいでかっこいいね！」

「ただ、ちょっと弱《よわ》そうでもあるんだよね。だって、ガラスでしょ？」

「たしかに。ゾンビのパンチを受《う》けたら、パリンって割《わ》れちゃいそうだね」

だよね。ちょっとたよりないよね。

「ぜんいちくん、次《つぎ》のキラキラ系《けい》の素材《そざい》は、金《きん》にしない？」

「いいね！　それじゃあ、金《きん》のかたまりを積《つ》みあげて、その上《うえ》にカボチャの頭《あたま》をぽんっ」

スリー、ツー、ワン、ゴー！

キン、キラ、キン、キラ、キンキラリン。

「おお〜、金《きん》ゴーレムは、歩《ある》くたびに輝《かがや》くんだね、ぜんいちくん」

「うん、これはかっこいいというより、いかにも値段《ねだん》が高《たか》そうだね」

高《たか》そうといえば、宝石《ほうせき》のエメラルドの素材《そざい》もあるんだよね。

よし、次《つぎ》は、エメラルドで作《つく》ってみようか。

スリー、ツー、ワン、ゴー！

キラッ、キラッ、キラッ。

「うひょ〜。エメラルドゴーレムって、緑色《みどりいろ》に輝《かがや》くんだね。めっちゃゴージャスだよ、ぜんいちくん！」

「そして、これもまた、めっちゃ値段《ねだん》が高《たか》そう！」

宝石《ほうせき》のゴーレムって、おもしろいなぁ。

よし、こんどは、もっと値段《ねだん》が高《たか》い、ダイヤモンドで作《つく》ってみましょう。

スリー、ツー、ワン、ゴー！

キラリ、キラキラ、キラリ、キラキラ。

「ぜんいちくん、透明《とうめい》なのに、一歩《いっぽ》進《すす》むごとに七色《なないろ》に輝《かがや》いてる。まちがいなく、いままでいちばんきれいなゴーレムだよ、これ！」

「しかも、まちがいなく最強《さいきょう》だと思《おも》うよ。ダイヤモンドよりかたいものはないからね」

でも、ちょっと目《め》つきがぶきみかも。ぼくたちのことを、見下《みくだ》したように、じろじろのぞいてくるもの……。

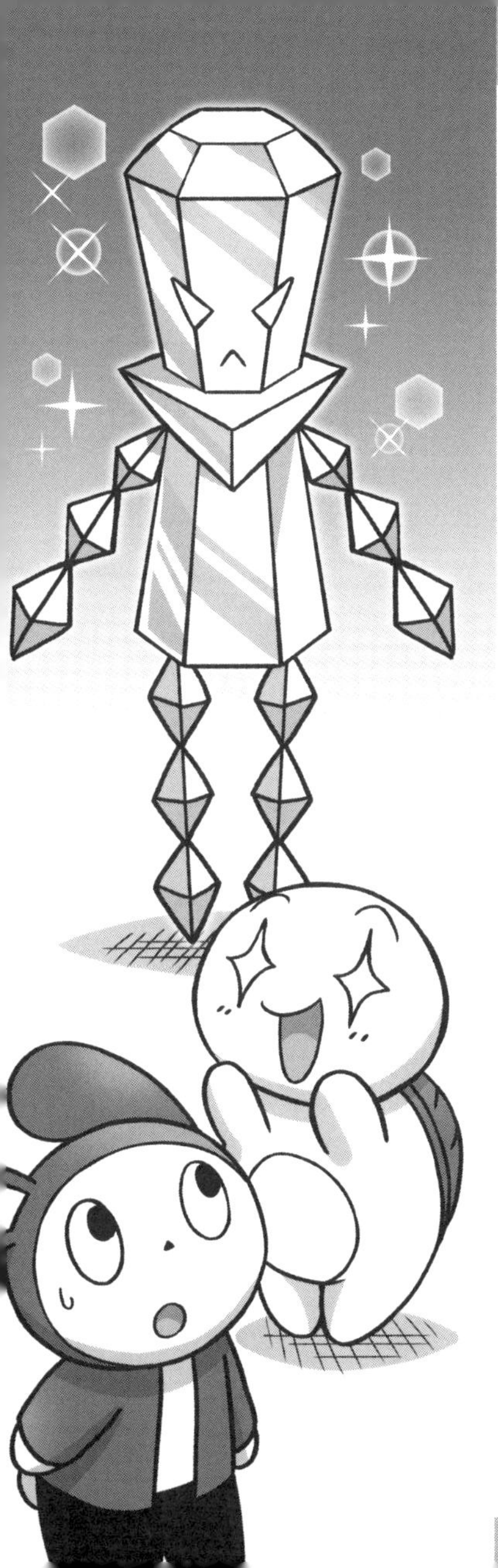

「ぜんいちくん、宝石《ほうせき》のゴーレム、ほかにもできないかな？」

「そうだなぁ。あ、黒曜石《こくようせき》があるのをわすれてたよ」

それでは、この黒《くろ》い素材《そざい》をつみあげてっと。

スリー、ツー、ワン、ゴー！

ズン……。ズン……。ズン……。

「ひょえ～！　ぜんいちくん、黒曜石《こくようせき》ゴーレムって、貫禄《かんろく》たっぷりだね！

歩《ある》き方《かた》なんか、プロレスのチャンピオンみたいで、かっこいい～」

いや、ほんと……。黒光《くろびか》りする頭《あたま》に、ぼんやりと輝《かがや》く赤《あか》い目《め》。

全身《ぜんしん》まっ黒《くろ》なのに、反射《はんしゃ》した光《ひかり》が、緑《みどり》や黄色《きいろ》にまたたいて、美《うつく》しすぎる。

「マイッキー、黒曜石《こくようせき》ゴーレムは、ダイヤモンドゴーレムと同《おな》じぐらい強《つよ》いんじゃないかな」

「うんうん、ぜったい強《つよ》いはずだよ～」

4 天然《てんねん》素材《そざい》のゴーレムも作《つく》れる？

「キラキラ系《けい》はこのぐらいにするとして、マイッキー。村《むら》のセキュリティを強化《きょうか》するのに、ほかにどんなゴーレムがいたらいいと思《おも》う？」

「そうだねぇ。あ、木材《もくざい》とか？」

「おお、それはナイスアイデア！」

では、木材《もくざい》の素材《そざい》をつみあげましょう。

そこに、カボチャの頭《あたま》をのせて、スリー、ツー、ワン、ゴー！

……………。

「動《うご》かないよ、ぜんいちくん」

「あ、ごめん。カボチャの頭《あたま》が横《よこ》をむいてた。よし、ちゃんと正面《しょうめん》にむけて、やりなおしっと」

スリー、ツー、ワン、ゴー！

………。

だめか。どうやら木材《もくざい》ではゴーレムはできないみたいだな。

「ぜんいちくん。原木《げんぼく》だったらどうかな」

原木《げんぼく》？　切《き》りたおした木《き》を木材《もくざい》にしないで、そのままで使《つか》うってこと？

「うん。ぼく、ためしてみたい」

マイッキー、そういったときにはもう、こげ茶色《ちゃいろ》の原木《げんぼく》をゴーレムの形《かたち》に積《つ》みあげていた。

よし、それじゃあ、カボチャの頭《あたま》をのせてみよう。

スリー、ツー、ワン、ゴー！

ガッ、ガッ、ガッ。

「原木《げんぼく》ゴーレムが動《うご》いた！　ぼく、無理《むり》かと思《おも》ったのに！」

ほんとだね。ごつごつした木《き》の肌《はだ》がかっこよくて、強《つよ》そうだよ、これ。

「ぜんいちくん、だったら、これもいけるんじゃない？」

ん？　マイッキー、目《め》をキランとさせてるぞ。

「これって、いったいなに？」

「まあ、見《み》ててよ。ぜんいちくん。まずは、これを作《つく》ってていっと」

あれ？　マイッキーがつるはしを作《つく》ってるぞ。

と思《おも》ったら、そのつるはしで、家《いえ》の壁《かべ》をトントンとたたきだした。

そこは、丸《まる》い石《いし》を積《つ》みあげたところなんだけど……。

「マイッキー、もしかして、丸石《まるいし》をゴーレムの材料《ざいりょう》にしようっていうの？」

「イエス！」

「丸石《まるいし》ゴーレム!?　そんなゴーレム、あるのかなぁ」

「どうだろ。ぼくも知《し》らないけど、できるんじゃない？　木《き》のゴーレムができるなら、石《いし》でもできると思《おも》うよ？」

マイッキーったら、にやにやしながら、家《いえ》の壁《かべ》をくずしてる。

そして、壁《かべ》からとった丸石《まるいし》で、ゴーレムの手足《てあし》と体《からだ》を作《つく》ると、その上《うえ》にカボチャの頭《あたま》をのせて。

「スリー、ツー、ワン、ほいっ！」

……………。

「なにぃ!? ゴーレムにならないのぉ！」

マイッキー、悲鳴《ひめい》をあげてます。

「もうっ、せっかく作《つく》ったのにぃ！」

「アハハハ、残念《ざんねん》だったね。でも、なかなかいい挑戦《ちょうせん》だったと思《おも》うよ」

「そうお？」

「うん。木《き》とか石《いし》とか、身《み》のまわりにころがっている素材《そざい》でゴーレムを作《つく》るのは、環境《かんきょう》にやさしくて、いい感《かん》じだもの」

ようし、ぼくも、身《み》のまわりの素材《そざい》に挑戦《ちょうせん》してみよう。

「そうだ、マイッキー。作業台《さぎょうだい》でゴーレムを作《つく》れないかな？」

「えっ？　作業台《さぎょうだい》って、道具《どうぐ》を作《つく》るのに使《つか》う、あの作業台《さぎょうだい》？」

「うん。作業台《さぎょうだい》は木材《もくざい》でできているんだ。木材《もくざい》ゴーレムは無理《むり》だったけど、木材《もくざい》のもとの原木《げんぼく》ではゴーレムは作《つく》れたでしょ？　だから、ためしてみる価値《かち》はあるかもよ」

それでは、作業台《さぎょうだい》をゴーレムの形《かたち》に積《つ》みあげてっと。

カボチャの頭《あたま》をのせて。スリー、ツー、ワン、ゴー！

ガッコン、ガッコン、ガッコン。

「おおお〜、歩《ある》きだした！　マイッキー、まさかの作業台《さぎょうだい》ゴーレムができたよ！」

「やったね！　でも、作業台《さぎょうだい》ゴーレムって、何《なに》ができるのかなぁ」

ええっと……。いや、そういわれると、答《こた》えようがないな……。

「じゃあ、何《なに》ができるか、ためしてみようよ、ぜんいちくん」

いや、それはどうかな。

「マイッキー、見《み》て。あたりがすっかり暗《くら》くなってきたでしょ。そろそろゾンビがおそってくる時間《じかん》だと思《おも》うんだ」

「えっ、うそ……」

「だいじょうぶだよ、マイッキー。そのために、いろんなゴーレムを作《つく》って、村《むら》のセキュリティを強化《きょうか》したんだから」

「そ、そうだよね。でも、これからどうするの?」

とにかく、ゾンビとの決戦《けっせん》にそなえて、ゴーレムを増《ふ》やします!

「まずは、マグマゴーレムを増《ふ》やそうかな」

「暗《くら》いから、赤《あか》く光《ひか》るマグマゴーレムはライトの代《か》わりになるね」

そういうことです。というわけで、どんどん作《つく》りましょう。

「じゃあ、ぼくが体《からだ》を作《つく》るから、ぜんいちくんは、カボチャの頭《あたま》をのせていってよ」

了解《りょうかい》〜。ほい、ほい、ほいっと。

「あと、TNT《ティーエヌティー》ゴーレムもいっぱい作《つく》ろうか、マイッキー」

「うんうん、爆発《ばくはつ》でゾンビをふっとばそう〜」

マイッキーも、がんばってるね。TNT《ティーエヌティー》をつみあげては、カボチャの頭《あたま》をのせてるよ。

「あと、スイカゴーレムも追加《ついか》しておこうかな」

ぼくがそういったとき、マイッキーが、ぴょーんととびあがった。

「ぜ、ぜんいちきゅん！　あ、あ、あらわれたよ、ゾンビが！」

ほんとだ、村《むら》の外《そと》から、ゾンビが何体《なんたい》もこっちへやってくるぞ。

「ねえ、ぜんいちくん、ぼくたち、勝《か》てるかな？」

「だいじょうぶ！　そのために、ゴーレムをたくさん作《つく》って、セキュリティを強化《きょうか》したんだから！」

絶対《ぜったい》に負《ま》けないぞ！　かならず生《い》きのこってみせる！

5 激闘《げきとう》!? ゾンビVS《バーサス》ゴーレム

と、気合《きあ》いをいれたのはよかったんだけど。

「マイッキー、たいへんだ。ゾンビの数《かず》が、思《おも》った以上《いじょう》に多《おお》いよ」

ゴーレムたちも、いっしょうけんめいに戦《たたか》ってる。だけど、みんな、たくさんのゾンビにとりかこまれて、苦戦中《くせんちゅう》。

っていうか、ゾンビはぼくたちのほうにも押《お》しよせてきた！

「ディスペンサーゴーレム！　矢《や》を発射《はっしゃ》して、ゾンビを倒《たお》すんだ！」

「お願《ねが》い、助《たす》けてぇ！」

でも、どうしたんだろう、ディスペンサーゴーレムは、ちっとも矢《や》を放《はな》ってくれないい。

「うわぁ、ぜんいちくん！　ゾンビにとりかこまれちゃったよ！」

「これはまずいぞ。とにかく、村《むら》のはずれの教会《きょうかい》のほうへ逃《に》げよう！」

「わ、わかった……」

ぼくたちは、ゾンビの攻撃《こうげき》をかいくぐると、水路《すいろ》に身《み》をかくしながら、その場《ば》を脱出《だっしゅつ》した。

「ふう……。なんとか脱出《だっしゅつ》できたね、ぜんいちくん」

「いや、ここはまだあぶないよ。教会《きょうかい》の屋根《やね》にのぼろう！」

「う、うん！　そうしよう……！」

階段《かいだん》をたくさん上《あ》がらないといけないけど、がんばろう！

「ようし、マイッキー。ここまでくれば、もうだいじょうぶだよ」

「よかった……。息《いき》が苦《くる》しくて、もうだめかと思《おも》ったよ……」

たしかに、ここは村《むら》じゅうをみわたせるほど、高《たか》いもの。

ほんと、よくがんばったね、マイッキー。

「それで、ぜんいちくん。村《むら》のようすはどう？」

「うーん、ちょっとすごいことになってるね。とにかく、ゾンビが多《おお》すぎて、ゴーレムたちがやられっぱなしだよ」

「ほんとに？　どれどれ？」

ブシャッ！

「あ、ぜんいちくん、スイカゴーレムが、ゾンビたちにおしつぶされた！」

パリーン！

「あ、こんどはガラスゴーレムがわれちゃった！」

ううむ、やっぱりガラスゴーレムはこわれやすかったか……。

「ぜんいちくん、あの家《いえ》のむこうにも、大量《たいりょう》のゾンビにとりつかれてるゴーレムがいるね」

「ほんとだ。なんのゴーレムかわからないけど、あのようすじゃ、とても助《たす》かりそうには……」

ドッカーン!!

「うわっ、ぜんいちくん、ゾンビがみんな、ふっとんだよ！」

「それじゃあ、あれはTNT《ティーエヌティー》ゴーレムだったってことか」

わざとゾンビをたくさんひきつけておいて、大爆発《だいばくはつ》をさせたんだ。

「なーるへそ〜。やっぱりTNT《ティーエヌティー》ゴーレムは強力《きょうりょく》だったね！」

うん。ってことは、まだまだ勝《か》ち目《め》はありそうだぞ。ほかにも、強力《きょうりょく》なゴーレムはいるからね。

「ぜんいちくん、あそこでゾンビが燃《も》えてるよ」

「マイッキー、あれは、マグマゴーレムの攻撃《こうげき》を受《う》けたゾンビだよ」

「そっか、マグマは岩石《がんせき》がドロドロに溶《と》けてめっちゃ熱《あつ》いもんね」

そういうことです。近《ちか》づいただけで、ゾンビなんか、ひとたまりもなく燃《も》えあがっちゃうだろうね。

「あああ！　でも、ぜんいちくん、そんなマグマゴーレムも、やられちゃったみたい」

TNT
TNT

「ほんとに？　あ、マグマゴーレムが、ばらばらになってるね……」

「やっぱり、ゾンビの数《かず》が多《おお》すぎて、手《て》に負《お》えないんじゃない？」

うーん……。いや、待《ま》って。マグマゴーレムを倒《たお》したはずのゾンビも、逃《に》げまわってるぞ。って、そうか！

「マイッキー。たしかにマグマゴーレムはやられたけど、それで終《お》わりじゃないんだ。分身《ぶんしん》するんだよ」

「分身《ぶんしん》？」

うん。つまり、ばらばらになっても、たくさんの小《ちい》さな炎《ほのお》のかたまりとして、ゾンビを攻撃《こうげき》し続《つづ》けるってことです。

「へ～、そうなんだ！　マグマゴーレム、すごいじゃん！」

ほんと、ほんと。ゴーレムたちは、それぞれの〝特性《とくせい》〟をいかして、戦《たたか》ってくれてるんだね。

おっ、畑《はたけ》の水路《すいろ》に、葉《は》っぱゴーレムがいるぞ。あのゴーレムは、いったいどんな特性《とくせい》で戦《たたか》うんだろ。……って、ぜんぜん戦《たたか》ってないね。

雑草《ざっそう》のふりをして、さぼってるっぽい。ハハハ……。

「ぜ、ぜんいちくん、たいへんだよ！　ゾンビがこの教会《きょうかい》の屋根《やね》までのぼってきちゃったよ！」

「ほんとだ！　よし、こうなったら、もう一回《いっかい》、村《むら》の中《なか》へ逃《に》げこむぞ！」

「うん、逃《に》げよう、逃《に》げよう！」

ぼくたちは、ダッシュで村《むら》の中《なか》へかけこんだ。

すると、暗《くら》い夜《よる》の中《なか》なのに、きらきらと黒光《くろびか》りするゴーレムがいて。

「ぜんいちくん、黒曜石《こくようせき》ゴーレムだよ！」

「よかった。黒曜石《こくようせき》ゴーレムはぜったい強《つよ》いからね。守《まも》ってもらおう」

ズン……。ズン……。ズン……。

黒曜石《こくようせき》ゴーレムは、村《むら》の中《なか》をのしのしと歩《ある》きまわっていく。

で、ゾンビを見《み》つけると。

ボスッ！

「うわ、一発《いっぱつ》のパンチで、ふっとばしちゃった……」

うしろから、ゾンビに攻撃《こうげき》されても。

ガンッ！

「すごっ、踏《ふ》みつぶしたよ……」

それからも、ゾンビを見《み》つけては、投《な》げとばしたり、けっとばしたりと、大暴《おおあば》れ。

「ぜんいちくん、この強《つよ》さ、見《み》てるだけで、楽《たの》しくなってくるね～」

「**うん。思《おも》った通《とお》り、黒曜石《こくようせき》ゴーレムは無敵《むてき》だね**」

この調子《ちょうし》なら、意外《いがい》と楽勝《らくしょう》かも。だって、ゾンビはほぼ全員《ぜんいん》、倒《たお》しちゃったんじゃないかな？

「うぎゃあ～！」

え？　マイッキー、どうしたの？

って、ぼくも、だれかに足《あし》をつかまれてる!?

「チビゾンビだよ、ぜんいちくん!」

おわっ、ほんとだ。畑《はたけ》の中《なか》から、ミニサイズのゾンビがわきだしてる。

「やだぁ!　チビゾンビは、しつこいから苦手《にがて》!」

それはぼくも同《おな》じです。チビゾンビは力《ちから》は弱《よわ》くても、めちゃめちゃすばしっこいから、かえってやっつけるのが大変《たいへん》……。

ズン、ズン、ズン。

ボスッ!　ブチッ!　ガンッ!

「ぜんいちくん！　黒曜石《こくようせき》ゴーレムが、チビゾンビをやっつけてくれてる！」

「おおお、助《たす》かった！　いや、黒曜石《こくようせき》ゴーレム、ほんとに強《つよ》いな。」

あっというまにチビゾンビが消《き》えちゃったよ。

「ってことは、これでゾンビはいなくなったんだよね。つまり、ぼくたちの勝《か》ちってことで、いいんじゃない？」

「うん、いいと思《おも》います！」

ということで、ぼくたちの『ゴーレムで村《むら》のセキュリティを強化《きょうか》しよう大作戦《だいさくせん》』は大成功《だいせいこう》です！

「やった～！　いやあ、いろんなゴーレムがいて、楽《たの》しかったね～」

ほんとだね！

みんなのお気《き》に入《い》りゴーレムは、どれかな？

こんど、教《おし》えてくださいね。

それじゃあ、バイバーイ！

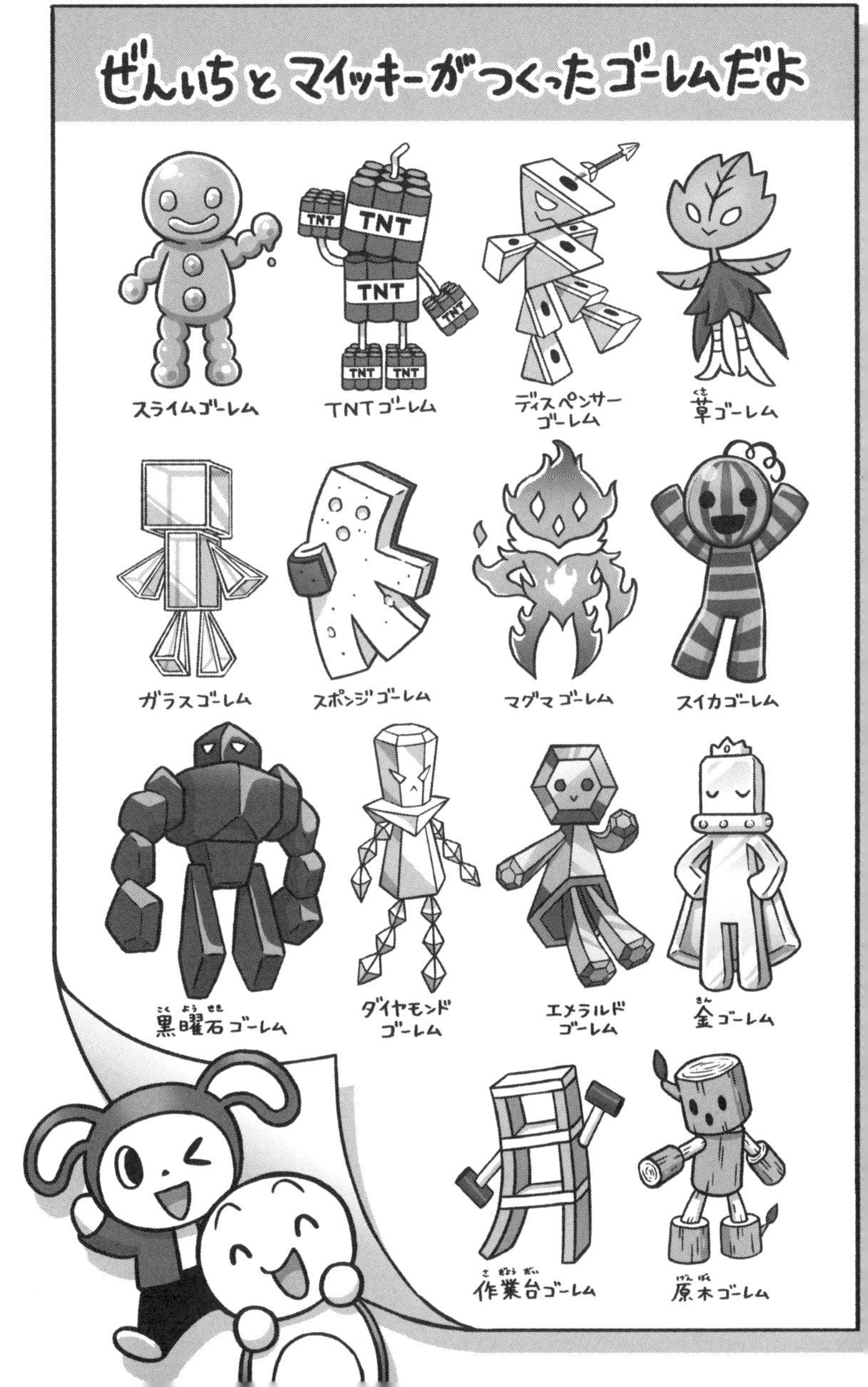
ぜんいちとマイッキーがつくったゴーレムだよ
TNT
TNT
TNT
TNT
TNT
TNT
TNT
スライムゴーレム
TNTゴーレム
ディスペンサーゴーレム
草《くさ》ゴーレム
ガラスゴーレム
スポンジゴーレム
マグマゴーレム
スイカゴーレム
黒曜石《こくようせき》ゴーレム
ダイヤモンドゴーレム
エメラルドゴーレム
金《きん》ゴーレム
作業台《さぎょうだい》ゴーレム
原木《げんぼく》ゴーレム

てんこ盛《も》りのおもしろさ！

石崎洋司《いしざきひろし》

みなさん、こんにちは！『レッツゴー！まいぜんシスターズ　全身《ぜんしん》がゴールドになってしまった！』、いかがでしたか？

気《き》づけば、もう五巻《ごかん》め！　劇場版《げきじょうばん》を入《い》れると、六冊目《ろくさつめ》！　すごい～!!

でも、それはあたりまえ。だって、お・も・し・ろ・い、ですから！

たとえば、表紙《ひょうし》にもなった一話《いちわ》め。まさか、イソップ物語《ものがたり》の「金《きん》のオノ、銀《ぎん》のオノ」の〝まいぜんシスターズバージョン〟とは、ぼくも思《おも》いもよりませんでしたよ。

それに、金《きん》ぴかマイッキーに大笑《おおわら》いしていたら、後半《こうはん》はハラハラの展開《てんかい》。いやあ、楽《たの》しめます～。

そして、二話《にわ》めの「こわい人形《にんぎょう》」のお話《はなし》。いやはや、めちゃめちゃこわくないですか？　ぼくなんか、書《か》きながら、夢《ゆめ》に出《で》てきそうで、どきどきしてました。

で、三話《さんわ》めの、いろんな素材《そざい》でゴーレムを作《つく》るお話《はなし》。素材《そざい》によって強《つよ》さや特徴《とくちょう》がちがったり、ゴーレムにならない素材《そざい》もあったりで、勉強《べんきょう》になりました。みなさんも自分《じぶん》で作《つく》ってみたいと思《おも》いませんでしたか？

というわけで、まいぜんシスターズのお話《はなし》って、ギャグあり、冒険《ぼうけん》あり、ホラーあり、そしてクラフトもあり、と、おもしろさ、てんこ盛《も》り！

〝全世界《ぜんせかい》のチャンネル登録数《とうろくすう》、約一千六百五十万人《やくいっせんろっぴゃくごじゅうまんにん》〟も、当然《とうぜん》ですね。

六巻《ろっかん》めに入《い》れたいお話《はなし》も、いろいろありすぎて、迷《まよ》います〜。

みなさんも、リクエストがあれば、キミノベルのサイトやお手紙《てがみ》で、お知《し》らせくださいね。

それでは、六巻《ろっかん》めをおたのしみに〜!!

二〇二五年《にせんにじゅうごねん》　三月《さんがつ》

ポイッキーが
おもしろくて好《す》き！
佐々木よのすけ

まいぜんシスターズ☆あとがき

みなさん、こんにちは。ぜんいちです。
今日《きょう》はマイッキーのそっくりさん(?)
ポイッキーをゲストでよんでいます

やあ！　イケてるぼくがきたよ！

ではさっそくインタビューしていきましょう。
泉《いずみ》の外《そと》の生活《せいかつ》はどうですか？

何《なに》もかもが最高《さいこう》さ！　きっと、この世界《せかい》は
イケてるぼくのためにあるんだ

何《なに》かハマっていることはありますか？

美《び》の追求《ついきゅう》さ！
もっとイケてるぼくになるためにネ☆

たしかに、ポイッキーさんのお肌《はだ》は
ツルツルですね。それにいい匂《にお》いがします

今朝《けさ》はバラ風呂《ぶろ》に入って、パックをしてきたのさ

ちょっとぜんいちく～ん、勝手《かって》にあとがき
コーナー始《はじ》めないでよ！って、ポイッキーじゃん！
ぼくみたいにかっこよすぎる～♡

それではふたりが感動《かんどう》の再会《さいかい》を果《は》たしたところで、
今日《きょう》はこのへんで。また別《べつ》の本《ほん》で会《あ》おうね！

えっ！　ぼくの出番《でばん》これだけ～!?　そんな～～～！

イラストギャラリー

みんなが送《おく》ってくれたイラストを、紹介《しょうかい》するよ～！

大賞《たいしょう》

小4
P.N.
ちーちゃん

大賞《たいしょう》おめでとう～！

くもの目《め》で作《つく》る防具《ぼうぐ》を考《かんが》えてくれたよ！　特殊能力《とくしゅのうりょく》もすごそう！

小3
あかま
あらた

おにぎり持《も》ってる
マイッキーが、
とってもうれしそう！

小1
なかむら
きょうたろう

これからも怒《おこ》られたときは、
読《よ》んで元気《げんき》だしてね！

キャリー画《が》伯《はく》の

キャリーちゃんのギャラリーへようこそ！　ここでは、

小4
P.N.
あっくん

3才《さい》からおうえんしてくれて、
ありがとう！

小2
かさい
そうすけ

泳《およ》ぐふたりを
いきいきと
描《か》いてくれたよ！

小5
P.N.
うーみー

マイッキー、
どんな夢《ゆめ》を見《み》てるのかな？

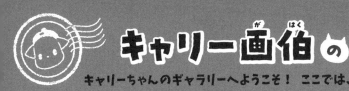

小4
P.N.
つむつむ

タコパ超楽《ちょうたの》しそう〜！
たこやきが
おいしそうだね。

小2
P.N.
たこやき

人食《ひとく》いタコが今《いま》にも
動《うご》きだしそうなくらい上手《じょうず》！

小3
P.N.
HT

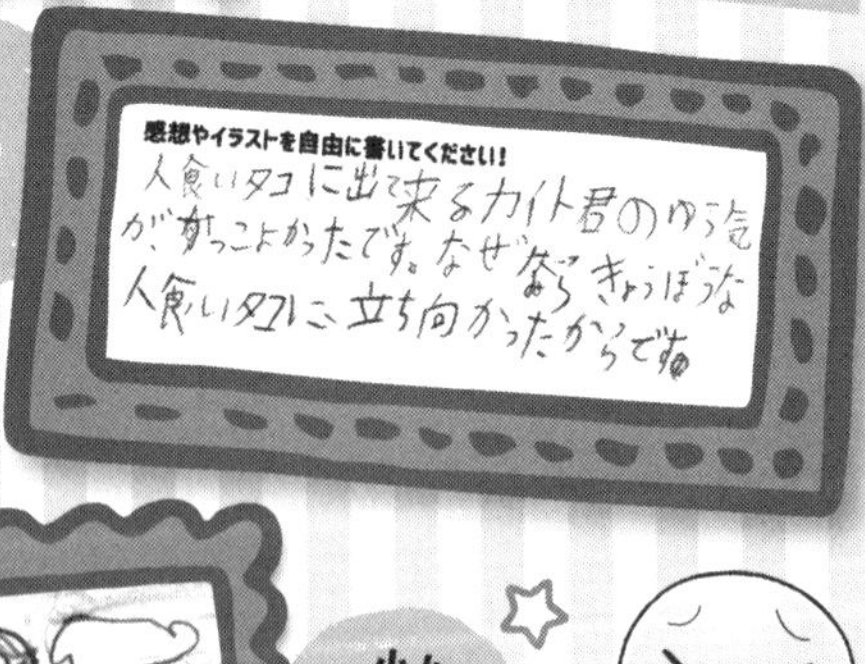

カイトくんの
勇気《ゆうき》には
感動《かんどう》だったよね☆

小4
P.N.
ちいさな
レモン

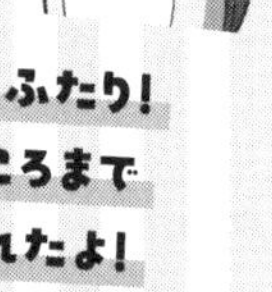

かっこいいふたり！
細《こま》かいところまで
描《か》いてくれたよ！

小4
P.N.
ナイトラビット

映画《えいが》みたいなワンシーン!
力作《りきさく》だ〜!!

仲良《なかよ》しなふたりを、
とってもかわいく
描《か》いてくれたよ!

小5
P.N.
マイクラガチ初心者《しょしんしゃ》

イラスト募《ぼ》集《しゅう》中《ちゅう》

ポプラキミノベルにはさんであるハガキ、もしくは官製《かんせい》ハガキにイラストや感想《かんそう》を書《か》いて、下《した》の住所《じゅうしょ》まで送《おく》ってね!
本《ほん》にのせる場合《ばあい》は、編集部《へんしゅうぶ》から連絡《れんらく》をするので、メールアドレスを忘《わす》れずに書《か》いてね!

〒141-8210　東京都品川区西五反田《とうきょうとしながわくにしごたんだ》3-5-8
(株)ポプラ社 児童書編集《じどうしょへんしゅう》
ポプラキミノベル係行《かかりゆき》

※この作品はＹｏｕＴｕｂｅチャンネル「まいぜんシスターズ」
で配信されている動画
『全身が金（ゴールド）になってしまった！』
『超怖い人形を倒そうとした結果⁉』
『ゴーレムで村を守る難易度がガチで高すぎた⁉』
をもとに、ノベライズ用に再構成したものです。

文／石崎洋司（いしざきひろし）

東京都生まれ。慶應大学経済学部卒業後、出版社勤務を経てデビュー。2012年『世界の果ての魔女学校』で野間児童文芸賞、2013年日本児童文芸家協会賞を受賞。2023年『「オードリー・タン」の誕生』で産経児童出版文化賞JR賞受賞。主な作品に「黒魔女さんが通る!!」シリーズ、「神田伯山監修・講談えほん」シリーズ（共に講談社）、『ポプラ世界名作童話　ふしぎの国のアリス』、「サイキッカーですけど、なにか？」シリーズ（共にポプラ社）、翻訳に「少年弁護士セオの事件簿」シリーズ（岩崎書店）、など多数。

絵／佐久間さのすけ（さくまさのすけ）

神奈川県出身・在住のイラストレーター。10月31日生まれ。
2013年から『ポケモンカードゲーム』にカードイラストで参加。2018年度には『NHKテキスト 基礎英語1』の表紙、挿絵を1年間担当した。明るく、可愛く、元気のいいイラストが得意。
動物が好きで、特に犬とラッコが好き。
【HP】https://sakumasanosuke.net/

ポイッキーはげんきかな？　POPLAR KIMINOVEL

ポプラキミノベル（い-01-10）

レッツゴー！　まいぜんシスターズ
全身がゴールドになってしまった！

2025年3月　第1刷
2025年4月　第2刷

文　石崎洋司
絵　佐久間さのすけ
発行者　加藤裕樹
編集　杉本文香
発行所　株式会社ポプラ社
〒141-8210　東京都品川区西五反田3-5-8
JR目黒MARCビル12階
ホームページ　www.kiminovel.jp
印刷・製本　中央精版印刷株式会社
ブックデザイン　千葉優花子
フォーマットデザイン　next door design

この本は、主な本文書体に、ユニバーサルデザインフォント（フォントワークスUD明朝）を使用しています。

ISBN978-4-591-18552-0 N.D.C.913　154p　18cm

P8053031

ポプラキミノベル
レッツゴー!
まいぜんシスターズ
シリーズ累計《るいけい》
20万《まん》部《ぶ》突《とっ》破《ぱ》!!
石崎洋司／文
佐久間さのすけ／絵
©MAIZEN
1~5巻《かん》
好《こう》評《ひょう》発《はつ》売《ばい》中《ちゅう》!

神《かみ》絵《え》師《し》のノート！
絵《え》から生《う》まれたモンスター
ウルファ
タカトにかわいく描《えが》き出《だ》された“画獣《がじゅう》”。
タカト
絵《え》を描《か》くことが好《す》きな小学《しょうがく》5年生《ねんせい》。
針《はり》とら／作
布施《ふせ》龍太《りゅうた》／絵
1枚《まい》のラクガキから、
今《いま》冒《ぼう》険《けん》がはじまる！
伝説《でんせつ》の絵画《かいが》を
描《か》き写《うつ》したら…
モンスターとなって
現《あらわ》れた!?
神絵師のノート！
好《こう》評《ひょう》発《はっ》売《ばい》中《ちゅう》

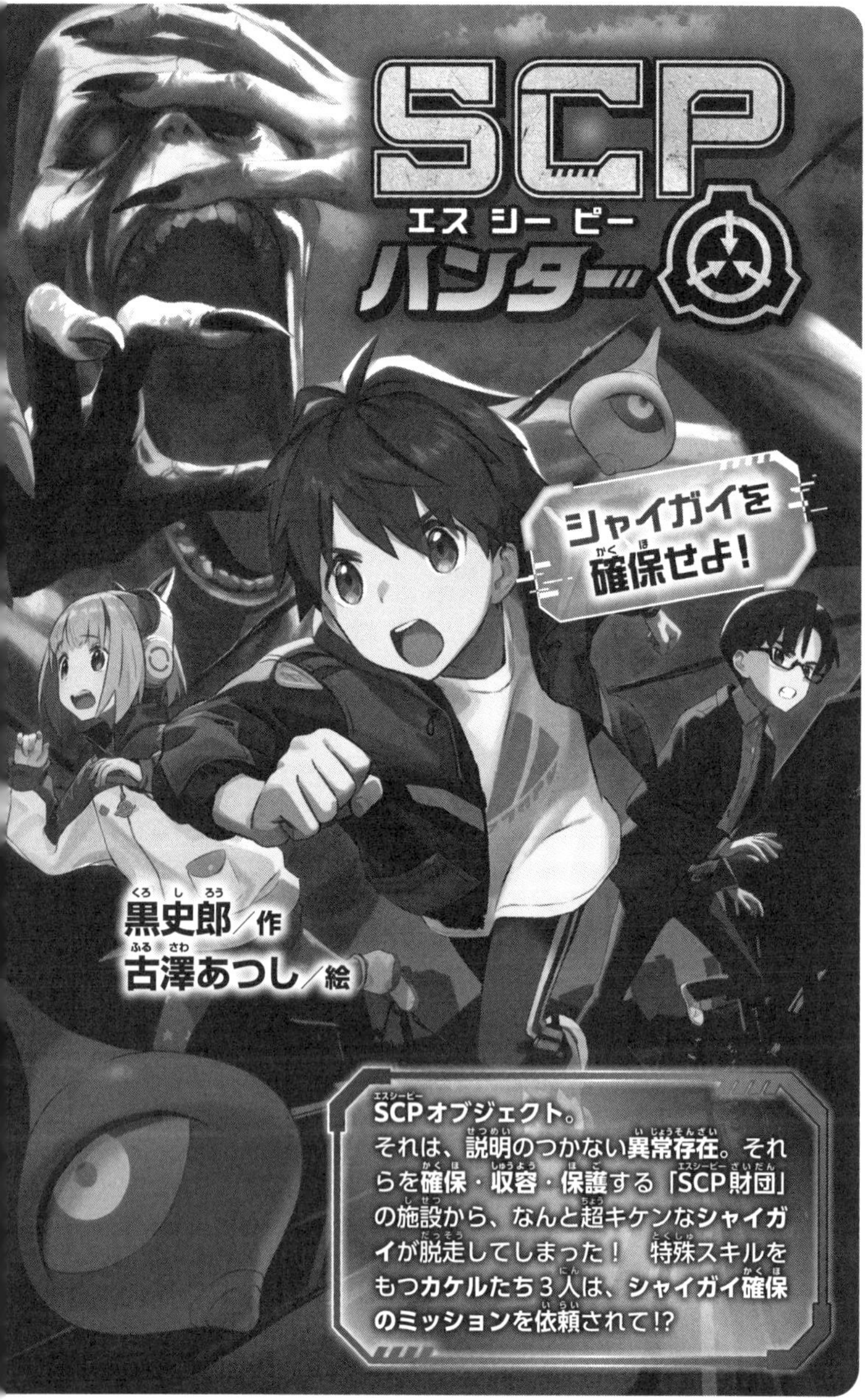
SCP
エス シー ピー
ハンターズ
シャイガイを確保《かくほ》せよ！
黒史郎《くろしろう》／作
古澤《ふるさわ》あつし／絵
SCP《エスシーピー》オブジェクト。
それは、説明《せつめい》のつかない異常存在《いじょうそんざい》。それらを確保《かくほ》・収容《しゅうよう》・保護《ほご》する「SCP財団《エスシーピーざいだん》」の施設《しせつ》から、なんと超《ちょう》キケンなシャイガイが脱走《だっそう》してしまった！　特殊《とくしゅ》スキルをもつカケルたち３人《にん》は、シャイガイ確保《かくほ》のミッションを依頼《いらい》されて!?

ポプラキミノベル
シャイガイ
顔《かお》を見《み》た相手《あいて》を地《ち》の果《は》てまで追《お》いかけてくる、恐《きょう》怖《ふ》のSCP《エスシーピー》オブジェクト。
ミッション
3人《にん》のスキルでシャイガイを確《かく》保《ほ》せよ!
カケル
スキル》アクセレート
走《はし》れば走《はし》るほど速《はや》くなる!
skill accelerate
skill candy
ヒナタ
スキル》キャンディ
ふれたものを溶《と》かす!
アユム
スキル》イレーサー
記《き》憶《おく》を消《け》す!
skill eraser

読者のみなさまへ

本を読んでいる間、しばらくほかのことを忘《わす》れて、気分転換《てんかん》ができたり、静かな時間をすごせたなら、それだけで素敵《すてき》なことです。笑ったりハラハラしたり、感動したり、物語を読み進めながら心が動く瞬間《しゅんかん》があったなら、それはみなさんが思っている以上に、ほかには代《か》え難《がた》い、最高の経験《けいけん》だと思います。

あなたは、文章から、あなただけの想像《そうぞう》世界を思い描《えが》くことができたということだからです。

「ポプラキミノベル」は、新型コロナウイルスが世界中に広がり、皆《みな》が今までに経験《けいけん》したことのない危険《きけん》にさらされ、不安な状況《じょうきょう》の最中に創刊《そうかん》しました。その中にいて、私《わたし》たちは、このような時に本当に大切なのは、目の前にいない人のことを想像《そうぞう》できる力、経験《けいけん》したことのないことを思《おも》い描《えが》ける力ではないかと、強く感じています。

本を読むことは、自然にその力を育ててくれます。そして、その力は必ず将来《しょうらい》みなさんをおたがいに助け、心をつなげあい、より良い社会をつくりだす源《みなもと》となるでしょう。いろいろなキミのために、という意味の「キミノベル」には、キミたちの未来のためにという想いも込《こ》めています。

――若者《わかもの》が本を読まない国に未来はないと言います。

キミノベルの前身、二〇〇五年に創刊《そうかん》したポプラポケット文庫の巻末《かんまつ》に掲載《けいさい》されている言葉を、改めてここにも記し、みなさんが心から「読みたい！」と思える魅力的《みりょくてき》な本を刊行《かんこう》していくことをお約束したいと思います。

二〇二一年三月

ポプラキミノベル編集部《へんしゅうぶ》